열네 살 우울이 찾아왔다

열네 살 우울이 찾아왔다

차열음 지음

창비

차
례

1부

사랑받는 딸이 되고 싶었다

거식증 진단을
받았다

열네 살에 우울증과 거식증 진단을 받았다. 164센티미터의 키에 58킬로그램이던 내 몸무게가 38킬로그램이 되었을 무렵, 드디어 엄마는 내게 문제가 있다는 사실을 알아차렸다. 10월의 선선한 바람도 춥게만 느껴지던 어느 날, 학교가 끝난 뒤 교문 밖으로 나와 보니 엄마가 차에서 나를 기다리고 있었다. 차 안은 난방이 틀어져 있어 따뜻했고, 익숙한 찬송가가 흘러나오고 있었다.

나와 동행하시고 모든 염려 아시니 나는 숲의 새와 같이 기쁘다 —

하지만 엄마는 운전에 집중할 뿐 찬송을 듣고 있는 것 같지는 않았다. 엄마의 심각한 표정과 불안한 눈을 보고 있노라니 초등학생 때의 기억이 하나 떠올랐다. 그날도 하교 후 엄마 차를 타고 목적지로 가던 중이었다. 그날따라 눈이 침침해서 먼 곳이 잘 보이지 않아 대수롭지 않게 말했었다.

"엄마, 나 먼 데가 잘 안 보인다."

"뭐?"

"나 저기…… 횡단보도 뒤에 있는 병원 글씨가 안 보여."

엄마는 순식간에 심각한 표정이 되어서는 나를 안과에 데려갔고, 그때부터 나는 안경을 쓰기 시작했다. 단순히 시력이 나빠졌을 뿐이지만 당시 엄마의 놀란 반응에 나는 실명이라도 되는 줄 알고 덜컥 겁을 먹었더랬다.

마치 그때와 같은 엄마의 표정을 보니 이날도 왠지 모를 불안감이 스멀스멀 피어올랐다. 불편한 침묵 속 우리가 도착한 곳은 복잡한 빌딩 숲 뒤편에 고요하게 자리한 섭식장애 전문 정신 병원이었다.

"아픈 건 이상한 게 아니야."

병원 접수를 마친 엄마가 내 손을 잡으며 말했다.

"몸이 아프면 치료를 받는 게 당연하지? 마음도 마찬가지야. 아프면 다 병원에 가는 거야. 그건 당연한 거야."

많은 사람들이 처음 정신 병원에 찾아가는 것을 망설인다. 정신 질환에 대한 사회의 편견, 미디어가 부각하는 병의 어두운 단면, 진료 기록이 사회적 불이익을 초래할지도 모른다는 염려 등의 이유에서일 것이다. 특히 섭식장애 환자들은 진료도 치료도 거부하는 경우가 많은데 이는 앞선 모든 염려를 차치하고, 본인에게 문제가 있다는 인지 자체가 없어 병원에 갈 필요성을 느끼지 못하기 때문이다. 본인의 눈에는 자신의 몸이 여전히 뚱뚱해 보이고 마음에 들지 않아 살을 더 빼야 하는데 왜 병원에 가야 하느냐는 것이다.

하지만 나는 의사인 부모님의 영향으로 아프면 병원을 찾는 것이 당연하다고 생각했고, 무엇보다 내게 어떤 문제가 있다는 것을 자각하고 있었다. 상담을 맡은 선생님은 이 부분이 다른 환자들과는 비교되는 특이점이었다고 말했다. 그랬기에 나는 엄마의 말에 묵묵히 고개를 주억거렸다. 오히려 괜찮다는 듯 나를 안심시키려는 엄마의 말이 더 불편했다. 마치 내가 아닌 엄마 자신에게 하는 말 같았기 때문이다.

정신 병원에 처음 접수를 하면 보통 아주 긴 문답지를 준다. 문답지는 1에서 5까지 정도를 표기하는 5점 척도 문항과 문장의 빈칸을 채우는 서술 문항들로 가득했는데, 질문의 내용은 대부분 자아상과 가족에 대한 것이었다. 대기실에 있는 네다섯 명의 대기자들도 나처럼 문답지를 적고 있는 걸 보아 초진인 듯했다. 슬쩍 보았을 때 그들은 모두 나보다 나이가 많아 보였다. 어른들도 나와 같이 진료를 본다는 건, 내 문제가 단순히 사춘기라서 생긴 문제는 아니라는 뜻이겠구나 싶었다. 안심해야 하나 걱정해야 하나 고민하던 차에 내 이름이 불렸다.

엄마와 함께 진료실에 들어갔지만 의사 선생님은 우리를 따로 면담하겠다고 말했다. 삼십 대 중반 정도로 보이는, 짧은 머리에 따뜻한 인상을 가진 여자 선생님이었다.

선생님은 나의 몸과 마음의 상태보다 주변 상황에 관해 더 많이 질문했다. 친구 관계는 괜찮은지, 가족 관계는 어떤지 물었는데 그중에서 특히 가족에 관한 이야기에 깊은 흥미를 보였다.

"문답지를 보니까 가장 좋아하는 사람이 외할머니네. 지금 할머니랑 같이 살고 있어?"

"할머니랑 엄마 아빠, 동생이랑 같이 살아요. 근데 부모님은 일 때문에 바빠서 할머니가 더 편해요. 잠도 할머니랑 같이 자고."

"장래 희망은 엄마 아빠보다 큰 사람이 되는 거라고 썼네. 이유가 있을까?"

"엄마 아빠는 똑똑하고 잘났거든요. 동생도 그렇고. 나도 그러면 좋겠어요. 아니, 더 멋지게 성공하고 싶어요. 쪽팔리지 않게."

"부모님보다 성공하지 않으면 쪽팔릴 것 같아?"

"네, 쪽팔리고 짜증 날 것 같아요."

"혹시 그게 살을 빼는 것과도 관련이 있니?"

"뚱뚱하면 쪽팔리잖아요."

이날 나는 우울증과 거식증 진단을 받았다. 거식증은 '신경성 식욕부진증'이라고도 한다. 살이 찌는 것이 두려워 먹는 것을 극도로 제한하고, 몸무게에 지나칠 정도로 집착하는 병이다. 그리고 대부분의 거식증은 우울증을 동반한다고 한다.

"유년기와 초등학생 시기는 사람이 어떠한 상황을 마주했을 때 문제를 받아들이는 방식에 큰 영향을 미쳐요."

선생님은 엄마에게 진지한 표정으로 내가 그 시절에 채워지지 못한 어떤 구멍을 가지고 있고 그 구멍이 지금에서야 보이게 된 것이라고 이야기했다. 병은 빙산의 드러난 일각이고, 물밑에는 더 큰 빙산이 나를 가득 채우고 있다고.

우울이 나를 찾아온 것이다. 그리고 그 문제의 근원은 아주 어린 시절, 내가 기억하지 못하는 순간부터 나와 함께하고 있었다. 무엇이 나를 겨울바람에 쪼그라든 생선처럼 말려 버렸을까. 그건 나도 엄마도 알 수 없었다. 우리는 아무렇지 않은 척하며 선생님의 이야기를 들었다. 상담 후에는 약을 처방받았다. 원래 무슨 모양이었는지 알 수 없을 정도로 잘게 쪼개진 약들이 봉지에 들어 있었다. 나는 선생님께 이 약이 '살찌우는 약'은 아닌지 물었고 선생님은 그런 것과는 상관없는 약이라며 나를 안심시켰다.

그렇게 엄마와 함께하는 병원 나들이가 시작되었다. 우리 가족의 삶을 바꾸어 버린, 마음의 병과의 싸움이 시작된 것이다.

우울증과 슬픔

우울증과 슬픔은 어떤 차이가 있을까. 내가 우울증이라는 이야기를 듣고 '네가 정말 우울증이 맞아?'라고 묻는 사람들이 종종 있었다. 보통 우울증에 걸렸다고 하면 주변에 마음을 나눌 사람이 거의 없고, 집 밖에 나가려 하지 않는 등 스스로를 고립시키며, 업무나 학업 효율성도 떨어지는 모습을 상상하기 때문이다. 그러나 이런 인식과는 달리 나는 우울증 진단을 받고서도 전과 다름없는 학교생활을 했고 성적도 올랐다. 여전히 친구들과 어울렸고, 행복하고 즐거운 일들도 있었다. 의사 선생님이 우울증이라고 진단하여 우울증인 줄 알았을 뿐이지, 실제 내 삶은 전과 다름이 없었던 것이다. 거식증이라는 다른 문제가 나타나지 않았다면 평생 우울증이라는 사실조차 모르고 살았을 수도 있다.

그래서 우울은 어렵다. 우울증을 겪고 있지만 자각하지 못하는 사람들도 많을 것이다. 스스로 병원을 찾았을 땐 이미 우울증의 중간 단계에 와 있을 가능성이 크다. 의학 지식이 풍부하고 증상을 기민하게 살필 줄 아는 나의 부모님조차 가족 상담을 받아야 했으니, 우울은 누구에게나 확실히 어렵다.

슬픔은 '느낌'이고 우울은 무감각, 무가치함, 죄책감, 불안 등이 섞인 복합적인 마음의 '상태'를 의미한다. 슬픔은 특정 문제 상황에 의한 결과물일 때가 많아 상황이 해결되면 회복될 가능성이 크다. 반면 우울은 슬픔을 포함한 복잡한 감정의 상태이고 사람마다 다른 방식으로 나타나기 때문에, 어떤 우울증 환자의 경우 남들이 보았을 때는 '원래 에너지가 적은 사람이구나.' 정도로만 느낄 수도 있다. 우울증에 걸리면 무기력해지기 쉬워서 주위에서 조언을 해 준다한들 그것을 실행할 힘 자체가 없을 가능성이 크다. 그래서 잠시 나아지는 듯하다가도 제자리로 돌아오고 만다. 그런 점에서 슬픔은 상처와 같고, 우울은 상실과 같다. 순간의 상처는 일시적인 아픔으로 지나가도 상실은 평생의 구멍으로 남는 것처럼, 슬픔은 회복될 수 있어도 우울은 완전한 회복의 문제가 아니다. 다만 도닥이는 것이다. 이미 뚫린 구멍에 다시 찬바람이 들어차지 않도록 계속 살피고 돌봐야 한다.

사랑받는 딸이
되고 싶었다

꿈이 있었다. 부모님에게 자랑스러운 딸이 되는 꿈이었다. 친구들은 의사, 교사를 외치던 초등학교 장래 희망 발표 시간에 나는 '부모님께 꿀리지 않는 자식'이 되고 싶다고 이야기했다.

부모님은 항상 바빴다. 서울의 큰 병원에서 근무하던 부모님은 밤낮을 가리지 않고 병원에서 바쁘게 시간을 보냈다. 같은 집에 살아도 얼굴조차 자주 보기 어려운 부모님이었지만, 나와 동생을 향한 투자는 아낌없었다. 어려서부터 악기와 스포츠는 안 배워 본 것이 없었고, 주말이 되면 차를 타고 근교 나들이를 가거나 캠핑을 했다. 누리지 못해서 아쉬운 것은 하나도 없었다. 부모님은 바쁜 중에도 시간을 쪼개어 우리에게 모든 것을 해 주려 노력했고, 어린 나도 그것을 느낄 수 있었다. 그런 부모님이 우리에게 바라는 것이 하나 있다면 바로 성적이었다.

저녁을 같이 먹는 날이면 부모님은 내 성적에 대해 이야기했다. 특히 성적표가 나온 날이면 특별한 티타임을 가지기도 했다. 어쩌면 부모님은 성적표가 객관적으로 자식의 발전을 보여 주는 지표라고 생각했던 듯하다. 나는 그저 성적이 좋을 때마다 부모님이 해 주는 칭찬이 좋았다. 그 칭찬이 바로 나를 향한 부모님의 사랑이라고 생각하니, 공부를 잘하는 것이 바쁜 부모님의 마음을 사로잡을 수 있는 유일한 방법이라는 내 나름의 결론에 도달했다. 자랑스러운 딸이 되고 싶다는 말은 곧 사랑받는 딸이 되고 싶다는 말과 같았다.

중학교에서 나는 600명 정도 되는 1학년 학생 중 100등 내외의 성적을 유지했다. 그리 나쁜 성적은 아니었지만 부모님은 수재였으니 분명 성에 차지 않는 자식이었을 것이다. 그래서 늘 초조하고 불안했다.

"다음 학기에는 전교 50등 내로 들어갔으면 좋겠다."

아빠의 주문이 떨어지면 그건 나의 유일한 목표가 되었다. 무조건 잘해야지, 그리고 나중에는 부모님보다 성공해야지, 그래서 부모님에게 자랑스러운 딸이 되어야지. 그 마음이 나를 착한 딸로, 성실한 학생으로 만들었다. 어른들은 내 순종적이고 성실한 모습을 좋아했다. 겉으로 나는 어느 것 하나 문제없는 모범생이었다.

문제의 시작은 50점짜리 수학 시험지였다. 별것 아닌 일이었다. 그게 병의 도화선이 되리라고는 아무도 생각하지 않았던, 정말 별것 아닌 일이었다.

50점과
커터 칼

거식증의 트리거*는 사람마다 다르다. 내 경우에는 크게 두 가지가 있었는데, 첫 번째는 학업 성적이었고 두 번째는 친구 관계였다. 두 요소 모두 자존감을 떨어뜨렸다는 점에서 맥이 통한다. 거식증이 스스로의 모습에 만족하지 못해 자신을 몰아붙이는 병이라면 낮은 자존감은 모든 거식증 환자들이 가지고 있는 공통점일 수 있겠다.

중학교 1학년 중간고사였다. 수학 과목에서 50점이라는

● 총의 방아쇠 혹은 어떤 사건을 일으킨 계기나 도화선. 때로는 트라우마를 떠올리게 하는 자극을 의미하기도 한다.

점수를 받았다. 한 번도 받아 본 적 없는 점수였기에 어떤 반응이 돌아올지 알 수 없었다. 그래서 심각하게 생각하지도 않았다. 그저 '오늘은 좋은 소리 못 듣겠구나.'라는 생각에 조금 슬펐다. 그러면서도 내심 '그래도 괜찮다고 해 주시지 않을까?'라며 격려를 기대했다. 시험지를 들고 집에 돌아왔을 때, 가장 먼저 내 성적을 보게 된 사람은 외할머니였다.

할머니는 중학교 수학 교사였다. 내가 태어나면서 일을 그만두었지만 일흔이 가까운 나이에도 늘 내 수학 교사를 자처했다. 원하는 만큼 교직에 있지는 못했어도 손녀들의 선생님이 될 수 있다는 자부심이 대단한 분이었다. 그러던 중 첫째 제자가 반타작을 해 왔으니 자식 사위 얼굴 보기도 부끄럽고 스스로에게도 실망스러웠을 것이다. 할머니는 불같이 화를 냈다.

"니 이걸 지금 성적이라고 받아 왔나? 내가 이리 가르쳤나? 안 되겠다, 니는 매 좀 맞자."

그날 할머니는 처음으로 내게 매를 들었다. 나는 한 번도 맞은 적 없이 자랐기 때문에 우리 집에는 마땅한 매가 없었다. 그러자 할머니는 학용품함에서 커터 칼을 꺼냈다.

"손 대라, 대!"

"할머니, 잘못했어요! 잘못했어요······."

나는 기겁을 하며 잘못했다고 빌 수밖에 없었다. 그럼에도 할머니는 억센 손으로 내 손바닥을 쥐고는 커터 칼의 넓은 부분으로 몇 대 때렸다. 피도 나지 않았고 아프지도 않았다. 하지만 그때 나는 할머니가 진짜 나를 죽이려나 보다 생각했다. 흐려진 기억 너머로 아직까지 그때의 충격은 생생하다.

'내가 정말 큰 잘못을 했구나, 시험을 못 보면 죽어야 마땅하구나.'

집에 돌아온 부모님의 반응은 할머니와는 사뭇 달랐다. 질책하는 말도 나무라는 말도 없이, 그저 한심한 듯 나를 바라보며 한숨짓는 얼굴.

'내가 부모님을 실망시켰다.'

가슴이 내려앉는 듯했다. 할머니에게 맞았다는 말을 하고 싶었는데, 부모님의 표정을 보고는 말을 삼킬 수밖에 없었다. 부모님의 눈빛이 커터 칼보다 날카롭고 맞는 것보다 아팠기 때문이다. 할머니는 대놓고 나와 동생을 비교했다.

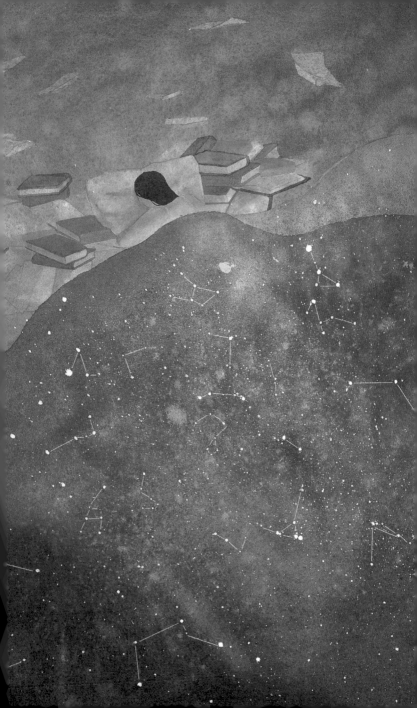

"야가 영 안되겠다. 동생이랑은 딴판이다. 동생은 늘 백점인데 야만 이래서는……."

얼굴이 붉어지다 못해 터질 것 같았다. 동생은 자기 이야기에 방문을 열고 얼굴을 슬쩍 내밀더니 다시 얄밉게 쏙 들어가 버렸다. 타고난 머리가 좋아서 무식한 노력파인 나보다 늘 주목받던 연년생 동생은 미술에도 재능이 있어 어딜 가든 사랑받는 영재였다. 아무리 노력해도 그 아이를 따라가지 못할 걸 어린 나이에 알았지만, 그래도 동생보다 잘하고 싶다는 경쟁의식으로 아등바등 살았는데 부모님 앞에서 이런 수치를 보이다니……. 저녁을 먹는 내내 침묵이 이어졌다. 나는 특히 아빠의 차가운 표정이 무서웠다. 50등 안에 들라고 했었는데, 내가 싫어져서 말하기도 싫은 거구나. 사랑받을 자격 없는 내가 미웠다. 나 때문에 집안 분위기가 추를 단 듯이 가라앉았다. 나 때문에, 나 때문에…….

서러운 마음으로 잠에 들면서 처음으로 생각했다.

'공부로는 사랑받지 못할 수도 있겠구나. 만약에 다음에도 점수가 안 나오면 어떡하지?'

원래 피겨 전에는
스피드를 배워요

손 큰 할머니 밑에서 자라며 가리는 것 없이 복스럽게 잘 먹는 것이 내 장점이었다. 늘 평균을 웃도는 체중이었지만 키도 컸기 때문에 딱히 뚱뚱하다는 생각을 해 본 적은 없었다. 그러던 어느 날 김연아 선수를 보고 피겨 스케이팅을 배우고 싶어져 아이스 링크를 찾았을 때, 피겨 선생님은 나를 위아래로 보더니 엄마에게 말했다.

"원래 피겨를 배우려면 그 전에 스피드 스케이팅을 먼저 배워요. 일단 스피드부터 시작하는 건 어떠세요?"

스케이팅에 대해 달리 아는 것이 없던 나와 엄마는 그게 어련한 순서이겠거니 하고 스피드 스케이팅 수업을 등록했다. 원하는 걸 바로 배우지 못해 썩 만족스럽지는 않았지만 피겨를 바라보며 꼬박 여섯 달을 다녔다. 그 무렵 친구가 자기도 피겨를 배우고 싶다며 링크에 찾아왔다. 마르고 작은 체구였던 친구는 나와는 다르게 곧장 피겨 수업 등록에 성공했다.

의아한 마음에 찾아보니 피겨는 몸이 가벼워야 유리한 종목이었다. 알 수 없는 배신감이 느껴졌다. 선수를 하려던 것도 아니고 그냥 배우고 싶었을 뿐인데. 그날 처음으로 집에 방치되어 있던 체중계에 올라가 '내 키면 평균 몸무게가 몇이지?'라는 고민을 했다. 바로 그때였다. 엄마가 체중계에선 나를 보고 "등판이 널찍하네!" 하며 장난스럽게 등을 짝! 때렸다. 분명 등을 맞았는데, 머리를 맞은 듯했다.

'다 내가 뚱뚱하다고 이러는 거야?'

초등학생 때 TV에서 아이돌 걸 그룹을 보았다. 컬러 스키니진을 입고 예쁜 춤을 추는 언니들이 정말 멋져 보였다. 그래서 나도 모두가 한 번쯤은 가져 보는 꿈을 품었다. 연예인이 되고 싶었던 것이다. 축제나 수련회 장기 자랑 무대에서

걸 그룹 춤을 추는 친구들이 부러웠다. 소심해서 그 작은 무대 한 번을 못 서 보고 졸업했지만, 그래서 더 연예인이 되고 싶었다. 연예인은 예쁘고, 자신감 있고, 누구나 좋아하니까. 집에서는 종종 내가 주인공인 대본을 써서 사촌 동생들과 영상을 찍으며 놀았다. 친척들을 만나는 자리에서는 즉석 콩트도 마다하지 않았다. 지금 생각하면 귀가 빨개지는 기억이지만 한복을 차려입고 신파극을 찍을 때 가족들의 열렬했던 반응은 여전히 소중한 추억의 일부로 남아 있다.

연예인의 꿈은 학년이 올라갈수록 더 커졌다. 할머니의 부추김에 장래 희망란에 썼던 '대한민국 첫 여자 대통령' 말고, 늘 습관처럼 이야기하던 '부모님께 꿀리지 않는 딸' 말고, 처음으로 가져 본 꿈이었다. 그래서 소중했고 그만큼 진지했다. 결국 나는 엄마에게 진로 상담을 요청했다.

"엄마, 나 연예인이 되고 싶어. 그러니까 예술 중학교 갈래."

내 진지한 말에 엄마는 박장대소했다. 그러고는 웃음기를 다 거두지 못한 채 말했다.

"안 돼."

"왜……?"

"네가 얼굴이 되니? 몸매가 되니?"

"······."

"애도 참, 연예인이 되고 싶다고 그냥 되는 줄 알아?"

일단 연예인이 되기만 하면 예뻐지는 줄 알았던 나는 엄마의 가차 없는 말에 아무 방어 태세도 취하지 못했다. 옛말에는 '고슴도치도 제 새끼 함함하다고 한다'던데 엄마가 보기에 나는 뚱뚱하고 못난 딸이라는 것처럼 들렸다.

그로부터 며칠 후 부엌에서 부모님이 심각하게 이야기하는 소리를 들었다. 혹시 내 이야기일까 싶어 귀를 기울였다. 부모님의 화제는 미술에 재능이 있는 동생을 예술 중학교에 진학시키는 것이었다. 그럼 나는? 정작 예중에 가고 싶다고 한 건 나인데. 서러웠다. 이게 다 못난 내 탓이라는 생각이 들었다. 내가 예뻤으면, 하다못해 동생처럼 특출나게 잘하는 것이라도 있었으면 이런 설움은 없었을 텐데.

처음 가져 본 꿈을 부정당했던 기억 때문일까. 마른 체구의 친구가 한 번에 피겨 등록에 성공한 날, 등판이 널찍하다는 엄마의 가벼운 말 한마디가 강력한 총알이 되어 자존감이라는 과녁판에 명중했다.

열등감일까? 아니, 이건 열등함이었다. 스스로에게서 장점을 찾을 수 없는, 어쩌면 찾으려는 노력조차 없이 모든 생각을 부정적으로 이끌어 가는 나의 열등함이었다. 누군가는 사춘기가 찾아와 외모 고민을 시작했던 것이 아니냐고 할 수도 있다. 물론 사춘기 때문에 요동치기 시작한 호르몬이 마음의 상처를 증폭시켰을 수도 있다. 하지만 그보다 중요한 건 50점짜리 시험지와 피겨 스케이팅, 엄마의 말이 끈적하게 얽이기 시작했다는 것이다.

'인정받고 싶어. 차별당하기도 싫어. 예뻐지면 사랑받을 수 있지 않을까? 예뻐지면 피겨 선생님의 코를 눌러 줄 수 있어. 예뻐지면 공부를 좀 못해도 괜찮을 거야……. 그러려면 살부터 빼야 하지 않을까?'

●

걔는 너랑
안 사귄다던데

한 그릇을 꽉 채워 먹던 식사량을 삼분의 이로 줄였다. 간식도 끊었다. 당시 우리 가족의 취미였던 피트니스 게임을 매일 두 시간씩 했다. 체중계처럼 생긴 플라스틱 보드 위에 올라가 오늘의 몸무게를 측정한 후, 화면 속 캐릭터를 따라 움직이다 보면 소모 칼로리가 함께 표시되었다. "48kcal…… 93kcal…… 122kcal……." 나는 그 숫자가 올라갈 때마다 만족감을 느꼈다. 그래도 부족하다 싶으면 유행가를 틀어 놓고 맹렬하게 춤을 췄다. 한밤의 춤사위에 아래층에서 올라와 주의를 준 적도 있다.

매일 몸무게를 재고 기록을 하니 변화가 한눈에 보였다. 58킬로그램에서 55킬로그램이 되는 것은 쉬운 일이었고, 약간의 정체기 후에는 53킬로그램까지 감량했다. 게임 화면 속 나를 닮은 캐릭터도 점점 날씬해져 갔다.

살을 빼 보니 중독이 될 것만 같았다. 입던 옷이 헐렁해지는 건 가슴 벅찬 일이었다. 마음대로 되는 것이 없었는데, 몸만큼은 내 뜻에 따라 준다는 사실이 나를 더 움직이게 했다. 52킬로그램이 되었을 때는 주변에서 살이 많이 빠졌다는 이야기를 들었다. 이쯤 되니 슬슬 다이어트를 그만해도 되지 않을까 싶었다. 쉬는 시간에 다른 반 친구들이 나를 찾아와 의심스러운 얼굴로 남자 친구에 대해 질문하기 전까지는.

"K 네 남자 친구 맞아? 걔는 너랑 안 사귄다던데."

내 첫 남자 친구 K는 초등학교 5학년 때부터 같은 학원에 다니다가 같은 중학교로 배정된 동갑 친구였다. 서로의 숙제를 베끼는 친한 친구 사이였다가 장난처럼 사귀게 된 것이었지만 처음 사귄 남자 친구라서 신경을 정말 많이 썼다. 점심시간마다 K네 반을 찾아가 기웃거렸고, 사귄 지 백 일 되는 날이나 밸런타인데이 같은 기념일도 정성 들여 챙겨

주며 친밀감을 쌓았다. 좋아하는 감정 자체가 컸다기보다 누군가와 긴밀한 관계를 맺고 있다는 사실이 좋았다. 그러나 K는 문자나 전화를 할 때와는 다르게 학교 복도에서 마주치거나 그의 반을 찾아갔을 때 내게 아는 척을 하지 않았다. 나는 K가 그냥 친구들에게 말하기 쑥스러워 비밀 연애를 하고 싶나 보다 생각하고 말았다.

그런데 K와 같은 반이던 친구들에게서 사귀는 게 맞느냐는 황당한 질문을 받게 된 것이다. K가 도대체 어떤 소리를 했길래 그런 질문을 하느냐고 물어보니, 친구들 입에서 나오는 말은 더 가관이었다.

"요즘 걔랑 같이 다니는 무리가 개한테 너랑 사귀냐고 물어봤나 봐. 근데 걔가 아니라고 했대. 그냥 학원 같이 다녔던 애라고."

"야, 걔 요즘에 전학생이랑 맨날 같이 하교한대."

그 학기에 K는 반에서 소위 '잘나가는' 무리와 함께 다니기 시작했다. 그런데 치맛단 한 번 자르지 않은 어벙한 교복을 입고 뿔테 안경을 쓴 별 볼 일 없는 여자애 하나가 알짱거리니 그의 친구들이 나의 정체를 궁금해했던 것이다.

"쟤는 뭐야? 맨날 너 찾아오던데 둘이 사귀냐?"

비웃음이 섞인 질문에 K는 나를 '그냥 친구'라고 둘러댔다. 내 평범함 때문에 존재를 부정당해야 하는 것도 비참했지만, K가 전학생과 '썸'을 타고 있다는 말까지 들으니 이루 말할 수 없는 충격을 받았다. 얼마 전 전학 온 그 애는 하얗고 가녀린 외모로 전교생의 주목을 받고 있었다. 배신감을 넘어 슬픔이 몰려왔다. 관계에서의 첫 배신이었다.

거부당했다는 생각에 괴로워하면서도 친구로서의 정이 남아 차마 헤어지지도 못하던 나는 문제를 내 탓으로 돌렸다. 더 예뻐져야 다른 사람 앞에서도 K 앞에서도 당당해질 수 있을 것만 같았다.

"솔직히 전학생 이쁘긴 하지."

"걔 다리 봤어? 허벅지가 무릎보다 가는 거? 부러워, 진짜."

내 눈에는 허약하게만 보였던 전학생이 다른 아이들 눈에 아름답게 보인다면 나도 그 애처럼 되면 된다. 그게 학교라는 작은 사회에서 가치를 인정받을 수 있는 방법이었다. 나는 '유지어터'로 돌아서려던 마음을 다잡고 더 독한 다이어트를 하기로 결심했다. '날씬'을 넘어 '마름'으로 가 보자.

거식증의 그림자가 드리우는 순간이 있다. 모든 것이 뜻대로 되지 않고 나의 자존감을 깎아내리는 절망적인 순간, 다이어트는 달콤하게 나를 끌어당긴다. 노력하는 만큼 결과가 돌아오는 성취감은 짜릿하다. 다이어트 자체가 문제라고 말하고 싶지는 않다. 다만 다이어트를 대하는 나의 자세, 다이어트로 모든 문제를 해결하려 했던 내 태도가 거식증을 부른 것이다. 예쁜 몸을 만들겠다는 목표로 다이어트를 시작했지만, 내 몸이 모든 문제의 근원이라고 인식하게 되자 아무리 살을 빼도 부족해졌다. 일상의 문제가 해결되지 않으면 다 살 때문이라고 생각하기 시작했다.

그렇게 42킬로그램까지 살을 뺐을 때, 사귄다는 사실조차 잊고 있었던 K가 대뜸 자신의 친구와 함께 나를 찾아왔다. 그러고는 사귀는 동안 한 번도 잡아 본 적 없던 나의 손에 초콜릿을 쥐여 주었다.

"친구들이 너 예쁘대."

얼굴이 상기된 채 좋아하던 K의 모습은 그때까지의 마음고생을 모두 상쇄하기에 충분했다.

'거봐, 내가 해냈어. 나 예쁘지? 사랑받을 만큼?'

K의 칭찬은 헬륨 풍선이 되어 내 기분을 하늘 높이 띄워 주었다. 올라갈수록 커지는 그림자는 그때의 내게 중요하지 않았다.

2부

그 새벽, 주방에서 춤을

●

밥풀을 얹은

고구마

52킬로그램에서 42킬로그램까지 가는 여정은 험난했다. 인터넷에 '예쁜 몸무게'를 검색해 보면 다양한 표가 나온다. 보통 평균 몸무게에서 9킬로그램 정도 뺀 숫자가 '예쁜 몸무게'로 적혀 있다. 표에 따르면 내 키에 맞는 '예쁜 몸무게'는 50킬로그램이었는데, 걸 그룹 멤버들의 프로필을 검색해 보면 다들 48킬로그램이 되지 않았다. 그걸 보아하니 목표를 더 낮추어야 할 것 같았다. 당시 K와 썸을 탄다는 전학생만 봐도 40킬로그램도 안 되어 보였다. 그러던 중, 교내에서 인기 있던 한 만화에 눈길이 갔다. 그 만화의 주인공은 키

156센티미터에 몸무게 40킬로그램의 설정이었다. 그의 깡마른 몸은 딱 내 이상과 맞아떨어졌고, 내 키가 164센티미터임을 감안해 42킬로그램 정도로 빼면 되겠다 싶었다. 지금 생각해 보면 황당한 동기에 황당한 목표였지만 그때의 내겐 그 결정이 무엇보다 합리적으로 느껴졌다.

운동 루틴은 늘 하던 대로 피트니스 게임과 광란의 춤사위였다. 거기에 더해 줄넘기도 하루에 기본 오천 개씩 했다. 덕분에 지구력이 끝내주게 좋아져서 체육 수행 평가는 늘 1등이었다. 그러나 그런 노력에도 몸무게는 50킬로그램에서 더 줄지 않았다. 신체가 적정 몸무게를 지키고자 하는 것을 나는 내 노력 부족으로 생각했다. 그래서 식사량을 크게 줄였다. 그러자 근육이 빠지면서 눈에 띄게 체중이 줄어드는 것이 보였지만, 그만큼 몸을 움직일 기력도 없어져서 점차 운동 대신 식단 조절만 하게 되었다. 삼분의 일까지 줄여 나가던 식사량은 어느새 한 숟가락이 되었다. 식사량에 대한 강박은 점점 심해졌고, 얼마 지나지 않아 칼로리 전문가가 된 나는 100그램 단위로 모든 음식의 칼로리를 계산하며 하루 500킬로칼로리 미만으로 먹기 위해 갖은 애를 썼다. 어쩔 수 없이 밥을 먹어야 하는 상황에는 가능한 한 칼로리가 적은 음식을 최대한 적게 먹었다. 아침에는 사과와 고구마만 먹겠다고 고집을 부리기 시작했다. 고구마도 주먹보다 크면 먹지 않았고 사과도 사분의 일 조각보다 크게 잘리면 화를 냈다. 학교에서는 손가락만 한 오이 토막을 급식 대신 먹었고 늘 친구들과의 식사량을 곁눈질로 비교하며 성취감을 느꼈다. 가족과 함께하는 저녁 식사 자리에서는 밥그릇에 밥이 있는 것처럼 보이려고 고구마 위에 밥풀을 얇게 깔아 수를 썼다.

할머니는 손녀의 갑작스러운 식사량 변화를 받아들이지 못했다. 식사를 정말 중요하게 생각하고, 많이 먹으라고 권하는 것 때문에 평소 부모님과 자주 다투었던 할머니는 나와도 싸우는 일이 잦아졌다.

"따라오지 말라고!"

"니 그렇게 먹으면 큰일 난다. 얼른 한 숟갈만 더 먹어라, 얼른!"

할머니는 방 안까지 밥그릇을 들고 따라왔다.

"안 먹는다고 했잖아! 왜 계속 먹이려고 하냐고, 짜증 나게……. 치워!"

"하이고, 이 아까운 거……."

음식 전쟁이었다. 할머니는 내게 한 숟가락이라도 더 먹이려고 미역국에 밥을 말아 내 입안까지 밀어 넣었다. 나는 밥그릇을 엎고 던지고, 밥알 한 톨까지 반항하듯 바닥에 뱉어 냈다. 이런 실랑이에 쓸 에너지도 없어지자 '씹뱉', 그러니까 '씹고 뱉기'를 시작했다. 음식을 입에 물고 화장실에 들어가 작은 것은 변기에 넣어 물을 내렸고, 큰 것은 창문밖으로 던져 버렸다. 얼마 뒤 엘리베이터에 '창밖으로 음식물을 던지지 마세요.'라는 경고장이 붙자, 음식을 잘게 잘라 비닐에 넣고서는 등굣길 쓰레기통에 버리는 수고도 마다하지 않았다. 그런 사투 끝에 목표했던 42킬로그램에 도달했지만, 내 눈에는 어쩐지 계속 허벅지와 옆구리의 군살들이 보이는 것 같아 다이어트를 멈출 수 없었다. 조금만 더, 조금만 더……. 그렇게 나는 40킬로그램이 되었다. 원래 체중에서 약 20킬로그램을 뺀 것이다.

보다 못한 할머니는 부모님에게 사태의 심각성을 알렸다. 할머니를 통해 상황이 해결되지 않자, 부모님은 그제야 걱

정스러운 얼굴로 이렇게 적게 먹으면 안 된다고 나를 다그쳤다. 헛웃음이 났다. 나의 다이어트는 꽤 성공적이었다. 예뻐졌다고 칭찬을 들어도 모자랄 판에 잔소리를 들으니 화가 치밀어 올랐다.

'몸매가 안 돼서 연예인 못 한다고 했잖아. 내 등판이 널찍하다며. 그래서 빼겠다는데 왜 또 뭐라고 해?'

하지만 부모님이 다이어트에 성공한 나를 인정하지 않는다고 해도, 이제는 그게 중요하지 않았다. 인정받고 싶어서 살을 빼기 시작했지만, 이제는 인정보다 살을 빼는 것이 더 중요하게 느껴졌다. 목표와 수단이 역전된 것이다. 거울 속 내 모습은 여전히 부족해 보였고 나는 살을 더 빼야만 했다. 부모님은 내가 좋아하는 뷔페와 고깃집에 나를 데려가기도 했고, 마음을 보듬어 보려는 듯 대화를 시도하기도 했지만 그 모든 것이 나를 살찌우려는 방해 공작으로 보였다. 그러면서 한편으로는 이렇게라도 부모님의 관심을 받는 게 썩 기분 나쁘지는 않았다. 며칠이 지나자 부모님은 사태가 심각하다는 것을 직시한 듯했다. 엄마는 내게 처음으로 병원 이야기를 꺼냈다. 나는 당시 상태에 불만은 없었지만 엄마와 '병원 나들이'를 한다고 생각하니 그 나름대로 괜찮을 것 같았다. 어린 시절 엄마가 종종 나와 동생을 근무하던 병원에 데려가 구경을 시켜 주거나 맛있는 것을 사 주며 놀았었는데, 그 기억이 좋았기 때문에 가능한 기대였다. 병원에서 무슨 말을 하든, 무슨 약을 처방하든 다이어트를 성공적으로 유지할 자신도 있었다. 그렇게 나는 엄마와 처음으로 정신 병원에 가게 되었다.

거식증과 프로아나

프로아나는 '찬성'을 뜻하는 프로(pro-)와 '거식증'
(anorexia)에서 딴 아나(ana)를 합성한 단어로, 거식증을 옹호
하고 마른 몸을 선망하며 극단적인 다이어트를 하는 사람들
을 말한다.

프로아나, 또는 줄임말인 '프아'를 검색해서 오픈 채팅방
에 들어가 보면 대부분의 구성원이 청소년이다. '다이어트
러는 입장 금지'라는 공지를 달아 놓고 일반적인 다이어트
이상으로 독하게 '조이기'를 희망하는 아이들. 그들의 이야
기 속에는 학교와 가정에서 받은 상처들이 있다. 외모에 대
한 것뿐만 아니라 학업이나 관계 등에서 받은 크고 작은 상
처가 그들의 동기이자 자극제가 되는 것이다. 그렇다면 그

들이 선망하는 거식증의 현주소는 어떨까.

건강보험심사평가원의 '국민관심질병통계'에 따르면 거식증으로 병원을 찾은 환자는 2018년 3,354명에서 2022년 5,209명으로 오 년도 안 돼 약 55퍼센트가 늘었고 이 중 여성은 약 76퍼센트였다. 69세 이하 거식증 환자 중 10대 청소년이 29퍼센트로 가장 높은 비율을 차지했고 여성 거식증 환자의 32퍼센트가 10대 청소년이었다. 십 년 전까지만 해도 10대 환자들을 찾기 쉽지 않았는데 최근 한 육아 코칭 프로그램에서 거식증에 걸린 11살 아이가 나오는 것을 보았다. 어느새 거식증은 드물지도 낯설지도 않은 병이 된 것이다.

우리 주위에 숨은 섭식장애 환자들은 더 많을 것이다. 거식증 환자는 많은 경우 본인의 문제를 인지하지도 인정하지도 않으려는 특성이 있어 병원을 찾지 않는다. 어느 연구에 따르면[•] 섭식장애를 본인이 인지하는 경우는 절반에도 미치지 못한다고 한다.

거식증은 분명히 사회적 시선의 영향을 많이 받는 질환

[•] 김율리 「섭식장애의 신체적 이상과 치료」, 『대한의사협회지』 제61권 제3호, 2018.

이다. 갈비뼈가 앙상한 걸 그룹의 모습에 환호하는 사람들, 44사이즈만 취급하는 쇼핑몰 등 마른 몸을 권하는 문화는 주위의 반응을 통해 정체성을 확인하는 청소년들에게 위험할 수 있다.

그러나 이런 문제를 지적하는 뉴스나 다큐멘터리 방송을 보고 있으면 어딘가 부족하다는 느낌을 지울 수 없다. 마른 몸을 선망하는 문화가 다이어트를 조장할 수는 있다. 하지만 다이어트에서 섭식장애로 넘어가는 연결고리에는 무언가 더 있다.

"살이 좀 오르니까 훨씬 낫네."라거나 "살 빠지니까 더 예쁘네." 등 단순한 인사치레가 누군가에겐 섭식장애로까지 이어지는 이유는 뭘까? 이는 사회에서 '몸'이라는 것이 단순히 신체뿐만 아니라 생활 습관, 성격, 이미지 등 모든 방면에서 유효한 의미를 가지고 있기 때문이다. 즉 오늘날 '몸'은 사람의 겉을 넘어 속마저 평가하는 지표로 작용한다. 거식증 환자들이 마른 몸에 집착하는 것은 그것이 사회적인 미(美)라고 생각해서일 뿐만이 아니라, '절제하는 완벽한 자신'을 증명한다고 생각하기 때문이다. 거식증의 본

질은 제대로 독립하지 못한 자아상과 그렇게 몸의 이미지에 지나치게 의존하게 된 자신에 대한 성찰의 부재라고 생각한다. 현상이 아닌 진상에 초점을 맞추는 것, 거식증과 프로아나를 이해하기 위한 출발점은 바로 여기에서 시작된다.

첫 정신 병원,

그곳은

내가 다닌 병원은 상담과 약물 치료가 병행되는 곳이었다. 상담을 시작하고 나서, 엄마는 집에 있는 체중계를 모두 버렸다. 하지만 거식증 환자에게 체중계 없는 삶이란 있을 수 없었고, 다행히 엄마가 모르는 체중계가 내게는 많았다. 체중 감량 역할을 톡톡히 해 준 피트니스 게임기에는 체중계 기능이 있었다. 학교에서도 보건실에 가면 매일 체중을 잴 수 있었다. 그중 가장 애용했던 건 병원 상담실의 체중계였다. 가족들은 내가 몸무게를 입에 올리는 것만으로도 발작적인 거부 반응을 보였지만, 의사 선생님은 그렇지 않았다.

선생님은 내가 체중을 재는 동안 늘 침착하게 기다려 주었고, 강박적으로 체중 이야기를 해도 따뜻하게 들어 주었다.

"0.5킬로그램 쪘어요. 짜증 나……. 아침에 먹은 고구마 때문일까요?"

"아침 고구마는 다이어트에 좋은데. 지금까지 아침으로 고구마 먹어 왔잖아?"

"원래 100그램 이하인 걸로 골라 놓는데, 이번에 산 건 다 전보다 컸어요. 아니면 우유 때문인가? 제가 원래는 무지방 으로 먹거든요. 근데 오늘은……."

가족에게서 식사 압박을 받을 때도 선생님은 내 편이 되어 주었다.

"선생님, 우리 엄마한테 먹는 걸로 잔소리 좀 하지 말라고 해 주세요. 들을 때마다 짜증 나요."

"그래, 선생님이 이따가 이야기해 둘게. 먹는 걸로 스트레스받으면 안 되지."

"사실 할머니는 더 심하긴 해요. 방까지 쫓아와서 먹이려고 하는데 짜증 나서 가출해 버리고 싶어요."

선생님과 있을 때는 내가 아픈 사람이 아닌 것 같아서 좋았다. 서울의 끝에서 끝까지 먼 발걸음을 꾸준히 할 수 있었던 것도 상담실의 체중계와 선생님과의 이야기가 좋았기 때문이었다.

그 덕분에 나는 치료를 거부하는 환자는 아니었다. 하지만 대부분의 거식증 환자들과 마찬가지로 불안하고 예민한 환자임은 분명했다.

"선생님, 이거 살찌우는 약 아니에요?"

"살찌우는 건 아니고 기분이 왔다 갔다 하지 않도록 해 주는 약이야. 걱정 안 해도 돼."

"근데 몸무게 잴 때마다 0.2킬로그램씩 늘잖아요. 먹는 거 잘 조절하고 있는데……."

"이번 주에 화장실을 한 번밖에 못 갔다고 했잖아. 화장실 갔다 오면 다시 돌아올 거야."

"약 줄여 주세요. 안 그럼 안 먹을 거예요. 저 집에 갈래요."

우울증은 사람의 기분을 멋대로 조종한다. 나는 내가 사랑하는 사람들에게 모진 말을 했고 그건 선생님에게도 마찬가지였다. 조금이라도 심기가 나빠지거나 '나를 살찌우려고 한다.'는 생각이 들면 상담 중에도 입을 꾹 다물었고 심

할 때는 상담실을 나가기도 했다. 그때마다 선생님은 무작
정 나를 붙잡지 않고 적당한 거리에서 적절한 말을 건네며
다독여 줬다. 밥을 많이 먹으라고 강요하지도 않았다. 다만
조금씩 자주 먹고 기록하라고 조언해 주었다. 그때 식단 일
기를 추천받았는데, 내 입장에서는 식단을 기록하며 관리할
수 있어 좋았고 선생님은 기록을 통해 변화를 관찰할 수 있
었다. 비록 동상이몽이었지만 서로에게 득이었다.

"이번 주 식단 일기는 지난주보다 빠진 부분이 많네. 식사
를 거른 거야?"

"……."

"뭐라고 하는 거 아냐. 그래도 시간은 맞춰서 먹기로 했
었지? 먹고 싶은 만큼 조절해서 먹고, 먹은 것만 잘 적어 보
자."

무리해서 다가오려는 엄마보다, 애써 아무렇지 않은 척하
는 아빠보다 모든 이야기를 자유롭게 할 수 있는 선생님이
더 편했다. 사랑해서 감정적일 수밖에 없는 가족보다 이성
적인 타인이 때로 더 큰 도움을 주기도 한다.

●

나의 우울은
어디서 왔을까

상담의 중심은 우울의 뿌리를 찾는 것이었다. 때로 거식증은 우울증이 뱉어 낸 결과물이기에, 우울의 이유를 찾는 것이 문제를 푸는 실마리가 될 수 있다. 특히 내 경우는 우울증을 동반한 거식증이었으므로 대부분의 상담과 약물은 모두 우울을 조절하는 방향으로 마련되어 있었다.

상담을 하며 우울증 발현에 영향을 주는 여러 요소 중에 가족력이 있다는 것을 알게 되었다. 우울증에 걸린 환자 다수에게서 가족 내력을 발견할 수 있었던 것이다. 질병관리청 자료에 따르면 우울증의 발병 요인 중 40퍼센트가 유전적인 요인이라고 한다.[*] 태어날 때부터 머리카락이 곱슬이거나 태어날 때부터 쌍꺼풀을 가진 것처럼 기질적으로 신경증적·부정적 정서성이 높은 사람도 있는 것이다. 또한 덴마크 코펜하겐 대학 병원 연구팀이 1960년~2003년 사이에 태어난 약 290만 명을 대상으로 연구한 결과, 어머니, 아버지, 형제자매 중 우울증 환자가 있는 경우 본인에게도 우울증이 나타날 확률이 여성 기준 각각 1.99배, 1.85배, 2.12배 높았다. 특히 우울증인 가족 구성원이 많을수록, 가족의 우울증에 노출된 나이가 어릴수록 더 높은 확률을 보였다.[**]

우리 가족도 마찬가지였다. 할머니와 엄마를 통해서 내려오는 기질이 분명 있었고 이는 나와 동생에게 영향을 주었다. 결국 정도는 다를지 몰라도 우리는 각자의 우울과 전쟁해야만 하는 운명이었던 것이다.

가족의 존재를 이런 식으로 느끼게 된다는 것은 조금 서글픈 일이다. 우리는 가족이라는 이름으로 함께 살면서 무

[*] 홍경원「한국인 우울증 유전학 연구에 대한 고찰」,『주간 건강과 질병』제5권·제19호, 2012.

[**] Frederikke Hørdam Gronemann 외 "Association of familial aggregation of major depression with risk of major depression," *JAMA psychiatry* 2023.2

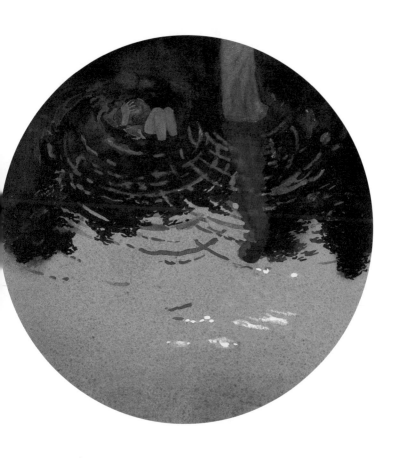

의식적으로 서로를 자극하는 언행을 하며 우울증 발현을 앞당기지 않았을까? 그렇게 생각하면 내 우울을 그대로 옮은 것 같은 동생에게 미안했다. 근묵자흑(近墨者黑)이라고, 마치 내가 전염병이 된 것 같은 기분이 들기도 했다. 아픈 우리를 보며 부모님도 그런 마음이 들었을까?

그러나 한편으로는 이 또한 결국 소모적인 책임감이라는 것을 안다. '이건 다 가족 탓이야.' 혹은 '내 탓이야.'라며 소중한 가족을 상처 주고 스스로를 상처 입히는 것은 무의미하다. 우울증을 겪는 가족은 그저 우울과 싸우는 운명 공동체이다. 서로를 이해하고 도우면 우울이라는 태풍에서 더 빨리 나올 수 있을지도 모른다.

우울은 때로 타고난다. 그러나 그것을 이겨 내는 것은 나의 몫이었다. 애초에 우울의 뿌리를 찾았던 것은 문제를 풀어내기 위함이었고, 따라서 가족력과 같은 통제 불가 요인은 그냥 받아들이는 수밖에 없었다. 그때의 나는 우울을 발현하게 한 또 다른 뿌리를 찾아야 했고, 상담은 바로 그 지점에서 이루어지고 있었다.

●

왜 나를
사랑하지 않아?

"지난주는 많이 바빴나 보네? 그동안 어떻게 지냈어?"

"우리 반이 핸드볼 시합에 나간다고 하는데, 제가 선수 명단에 있었어요. 핸드볼 진짜 못하는데."

"그래서?"

"집에 붕대가 있어서 발목에 두르고 갔어요. 접질렸다고. 그래서 선수 명단에서 빠졌어요."

"그렇게 선수가 하기 싫었어?"

"네, 들킬까 봐 일부러 일주일 내내 절뚝이고 다녔어요."

"시합 하루를 위해서 일주일을?"

"선수 할 바에 그러는 게 나아요. 못하는 거 하기 싫어요. 남들이 저 때문에 졌다고 하면 어떡해요."

상담을 받으며 한 번도 '이렇게 하는 게 좋다.'거나 '이런 마음가짐을 가져라.' 등의 말을 들어 본 적이 없다. 나는 이야기하고 선생님은 질문하는 시간의 반복이었다. 내 말에 스스로 결론을 내야 했기 때문에, 나는 계속 나의 말을 뒷받침할 근거를 찾아야만 했다. 대부분의 경우 나는 상황을 한정된 시각으로만 해석했다. 그럴 때마다 선생님은 잔잔히 내 눈을 바라보며 말했다.

"왜 그렇게 생각해?"

한번은 '왜 부모님이 너를 있는 그대로 사랑해 주지 않는 것 같으냐.'라는 질문을 받았다. 그때 기억 하나가 떠올랐다. 무려 돌도 되기 전 생긴 기억이다. 가만히 누워 있는 것밖에 할 수 없었던 그때의 나는 할머니 집 안방에 혼자 누워 있었다. 집은 조용했고, 가끔씩 방 밖에서 달그락거리는 식기 소리가 들렸다. 내 눈에 보이는 건 갈색 장롱과 비로 얼룩진 천장뿐이었다. 문득, '혼자 있는 게 싫다.'라는 생각이 들었다. 지금은 못 하지만 그때는 할 수 있었던 게 있다면 바로

눈물 연기였다. 곧바로 눈물을 장전했고 우렁차게 울어 젖
혔다. 잠시 후, 문고리가 돌아가는 소리가 들리더니 아빠가
방문을 열고 나를 빼꼼 바라보았다. 나는 더 신나게 울었다.
어서 와 줘. 와서 나를 안아 줘.

그러나 아빠는 미련 없이 다시 나갔다. 어라, 생각한 시나
리오가 아니었던 나는 더 크게 울었고 조금 뒤 돌아온 아빠
는 손에 카메라를 들고 있었다. 그러고는 울고 있는 나를 찍
으며 웃었다. 아빠는 나를 달래지 않고 또다시 방을 나갔다.

'아빠 왜 웃어? 왜 나를 달래 주지 않아?'

그게 내게 남아 있는 어린 시절의 첫 기억이었다. 돌 전의
기억이 어떻게 남아 있나 싶겠지만, 놀랍게도 그때 자지러
지게 울던 내 모습이 사진첩에 담겨 있다. 물론 전후 상황이
더 있었을지도 모른다. 내 기억은 아빠가 나를 두고 간 장면
에서 끝났지만, 뒤에 아빠가 다시 와서 나를 안아 줬을지도
모른다. 그런데 애석하게도 그런 기억은 내 머릿속에 없었
기에 나는 아빠가 우는 나를 내버려 두었다고만 생각했다.
선생님은 내게 어린 시절 기억이 그것밖에 없냐고 물었다.
찬찬히 생각해 보니 입 밖으로 꺼내지 않아 바래 가던 아빠

와의 좋은 추억들이 많았다. 군의관 시절 휴가 때마다 나를 보러 할머니 집에 왔던 아빠, 피곤한 몸을 이끌고 몇 시간이고 목말을 태워 주던 아빠……. 그런 추억들을 더듬으며 나는 차츰 '아빠가 나를 사랑하지 않은 게 아니구나.' 하고 스스로 깨닫게 되었다. 애정 표현에 서툰 아빠의 모습만 생각한 채, 분명히 기억나지도 않는 과거를 '아빠라면 당연히 그랬겠지, 지금도 그러시니까.' 하며 어림짐작하고 있었던 것이다. 원하는 만큼의 애정 표현을 받지 못하고 자란 건 사실이지만, 선생님은 내 입에서 나오는 이야기를 내 귀로 듣게 하며 스스로 왜곡된 생각과 편견을 바로잡게 해 주셨다. 이런 식의 상담은 상황을 조금 더 이성적으로 바라보는 데 도움을 주었다. 감정의 폭풍에 휘말리기 전 마음의 중심을 잡는 지혜를 길러 준 것이다.

상담을 하면서 엄마와 데이트 아닌 데이트를 하는 시간이 늘어난 것도 좋은 영향을 주었다. 엄마는 내가 아프고 나서부터 근무 스케줄을 줄이려 노력했다. 상담이 끝나고 나면 유명하다는 음식점에 나를 데려가기도 했다.

"엄마가 알아봤는데 여기가 그렇게 맛있대."

"오늘은 엄마랑 소고기 먹으러 갈까? 소고기는 단백질이니까 괜찮지?"

공깃밥의 반의반도 안 먹는 나였는데, 엄마는 조금이라도 맛있는 걸 먹으면 더 먹을 수 있지 않을까 싶었던 것이다. 그래서일까. 병원 주변에서 먹은 음식은 모두 맛있었다. 그런데 얼마 전 그 맛집들을 다시 찾아가 보니 내가 기억하고 있던 맛이 아니어서 실망했다. 나는 아마 음식의 맛보다 엄마의 애정을 기억하고 있었나 보다.

병원에 가는 게 좋았다. 내 이야기를 허심탄회하게 꺼낼 수 있는 선생님이 있어 좋았고, 약을 먹으면 감정 기복이 줄어드는 것도 좋았고, 엄마와 함께하는 시간도 좋았다. 고통스러웠던 중학교 시절, 정신 병원에서 보낸 시간은 아이러니하게도 가장 따뜻한 순간들이었다.

나의 불완전함을 받아들이기

심리학자 앨버트 엘리스의 인지 행동 치료의 전제는 우리 모두 '실수할 수 있는 존재'라는 것이다. 우리의 불완전함은 우리의 삶에 영향을 줄 수 있지만, 동시에 우리는 불완전함을 받아들임으로써 그것에 얽매이지 않을 수 있다.

같은 상황에서도 남들은 의연히 넘어가는데 유독 본인만 그러지 못하는 경우가 있을 것이다. 나는 원하지 않게 학급 핸드볼 선수가 되었을 때 '못하니까 선수로 뛰면 민폐가 될 거야. 그럼 다른 사람들도 다 날 보고 수군거리겠지? 나를 따돌릴지도 몰라.'라고 생각했다. 그 결과 일주일 동안 일부러 발을 절뚝이고 다녔던 것이다. 이를 인지 행동 치료에서는 '비합리적 신념'이라고 부른다.

비합리적 신념은 현실성이 없고 과장되며 자기비하적인 신념이다. 이 신념은 어린 시절 가정과 문화 환경 속에서 형성된다. 앨버트 엘리스는 대부분의 사람들이 비합리적 신념을 가질 수 있다고 이야기한다. 그것은 우리가 깨닫지 못할 정도로 빠르게 지나가기도 하지만, 때로 삶을 바꿀 만큼 큰 문제가 되기도 한다.

이 비합리적 신념은 '핵심 신념'에 기반하고 있다. 핵심 신념이란 특정 생각을 자주 반복하여 '진짜'로 받아들이게 되는 신념이다. 평소 왜곡된 생각을 자주 하면 그 생각이 핵심 신념이 되어 남들에게는 이상해도 나에게만큼은 정상처럼 느껴지게 되는 것이다. 거식증 환자가 자신의 몸을 뚱뚱하다고 말하는 건 정말 그렇게 느끼기 때문이다. 그래서 자신이 거식증임을 받아들이기 어려워하고 치료에 대한 저항도 강하다.

이를 해결하기 위해서는 평소 자주 떠올리는 생각들을 천천히 되짚어 핵심 신념을 찾아야 한다. 그 후 그 신념의 근거를 떠올려 보며 비약이나 왜곡이 없는지 판단하고 교정한다. 인지 행동 치료는 상담을 통해 환자가 이 과정을 수행할 수 있도록 돕는다. 이 방식으로 나는 아빠와의 기억에 대한 오류를 교정할 수 있었고 나아가 거식증과 우울증을 잠재우는 데 큰 도움을 받았다.

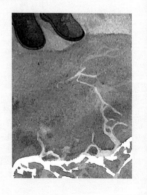

아이가 된 너를
업고 싶어

병원에 다니고 약을 먹는다고 해서 이미 한 몸이 되어 버린 거식증이 순식간에 낫는 것은 아니었다. 오히려 더 나빠지기도 했다. 나는 병원에 다니면서 최저 몸무게를 찍었고 생리가 끊겼다. 상담과 약물 치료는 계속됐지만, 나는 38킬로그램이 되어 버린 몸에 만족하고 있었기에 회복할 마음이 없었다.

살이 빠지니 맞는 옷이 없어졌다. 바지를 사러 가 허리 둘레를 재 봤는데 24인치였다. 소위 말하는 '이상적인 여자 사이즈'인 '34(가슴)-24(허리)-36(엉덩이)' 중 하나를 거식증에 걸리고서야 달성할 수 있었다. 옷 가게 사장님은 손님이 날씬해서 바지가 찰떡이라고 칭찬 일색이었다. 사실 그때의 나는 누가 봐도 말라깽이였을 테지만 날씬하다는 칭찬에 마냥 기분이 좋았다. 내 날씬함이 남들의 눈에도 보이는구나. 나는 살이 쪄 단추가 터질 때까지 그 바지를 입었고 그 후에는 방문에 걸어 놓고 다이어트 자극제로 삼았다. 내게 그 바지는 날씬함의 상징이었다. 과거의 내가 오늘의 나를 채찍질하는 존재가 된 것이다.

가장 말랐을 때 입던 옷을 잘 보이는 곳에 걸어 놓고 생각날 때마다 입어 보는 것, 그게 나에겐 내 몸을 확인하는 방법이었다. 체중을 재기 위해 병원이나 학교 보건실을 찾아가는 것도 한계가 있었다. 언제 어디서나 내 몸 상태를 측정할 수 있는 다른 기준이 필요했고, 옷이 그 역할을 했다.

손가락도 기준이었다. 거식증 환자 다수는 팔뚝을 엄지와 중지로 감아 중지의 몇 번째 마디가 엄지와 맞닿는지로 자신의 상태를 확인한다고 한다. 나는 양손으로 허벅지를 감는 방법을 택했다. 상체보다 하체에 살이 잘 찌는 체형이라 하체에 신경을 많이 썼기 때문이었다. 당시 내 허벅지는 양

손으로 한 번에 잡혔다. 평균 체중 남성의 종아리 둘레가 그 때의 내 허벅지 둘레와 같았던 것이다. '눈바디'를 할 때는 바지를 입은 채로 엉덩이를 최대한 앞으로 내밀어도 허벅지 사이가 붙지 않아야 만족했다. 눈바디란 '눈(眼)'에 '인 바디'라는 체성분 분석기 이름을 더해 만든 말로, 거울을 보며 눈으로 체형 변화를 확인하는 것을 말한다. 내게 눈바디의 기준은 '신체 어디든 손가락으로 감을 수 있는 것' 그리고 '신체 어디도 서로 붙지 않는 것'이었다.

그러다 보니 체구가 작을 수밖에 없었다. 몸이 작아지니 앙상한 어깨 위 머리는 커 보였고 볼살이 빠지면서 얼굴은 늙어 보였다. 흡사 외계인과 다름없었다. 그런 괴이한 모습의 나를 엄마는 가끔 어린아이처럼 등에 업고 싶어 했다. 집에 체중계가 없으니 그렇게라도 딸의 상태를 느껴 볼 심산이었던 것이다. 엄마는 당신보다 키가 큰 나를 업고 거실을 몇 바퀴고 돌았다. 무거울 테니 내려 달라 하는데도 엄마는 내가 깃털 같다며, 이러다 사라지면 어쩌냐며 까르르 웃었다. 그러곤 장난스레 마치 놀이기구 태우듯 바이킹처럼 몸을 앞뒤로 흔들었다.

"내 새끼, 우리 예쁜 내 새끼."

작아진 딸을 업으며 엄마는 무슨 생각을 했을까. 사라지면 어쩌냐고 우스갯소리로 하던 말이 사실은 공포에서 나온 진심이었음을 이제는 안다. 나는 길고 날카로운 면봉 같았다. 살이 없어 튀어나온 골반뼈가 엄마의 등을 찔렀다. 앙상한 갈비뼈가 당신의 등 위에 간신히 붙어 오르내리는 것을 엄마도 느꼈을 것이다.

그 새벽,
주방에서 춤을

거식증을 겪으며 습관적으로 했던 일은 새벽에 주방을 기웃거리는 일이었다. 매일 밤 간식함 문을 열었다 닫았다 하며 안을 뒤적이다 또 몇 발자국 떨어져서 바라보기를 반복했다. 마치 눈앞의 마시멜로를 십오 분 동안 먹지 않고 참았던 아이들이 청소년기 학업 성취도가 더 높았다는 '마시멜로 실험'처럼 먹고 싶은 것을 눈앞에 두고 의지를 발휘하는 행위였다. 그 덕분에 엄마는 아무리 늦은 새벽에도 주방에서 들리는 작은 발소리에 잠에서 깨고 마는 예민한 귀를 가지게 됐다. 피골이 상접한 딸이 불 꺼진 주방에서 춤 스텝을

밟고 있으니 마치 공포 영화의 한 장면 같았을 것이다. 하지만 나는 그렇게 간식을 먹고 싶은 마음을 누르며 쾌감을 느꼈다. 그 춤은 나를 옭아매려는 식욕에 강렬히 저항하는 의식이었다. 그때 나는 스스로가 욕구에서 자유로워지고 있다고 생각했다. '인간의 욕구도 내게는 아무것도 아니다.'라고 생각하며 기이한 승리감에 도취된 상태였다.

섭식장애의 뿌리를 살펴보면 그 속에는 단순히 아름다워지고 싶다는 마음뿐 아니라 애정이나 인정을 받고 싶다는 욕구가 함께 자리하고 있다. 받고 싶은 만큼 애정과 인정을 받지 못하는 상황에서 생기는 마음의 결핍이 몸으로 나타나는 것이다. 나는 식욕을 거부하면서부터 지금껏 나를 힘들게 했던 다른 욕구들도 내 의지로 조절할 수 있다고 생각했다. 그 과정에서 '마른 몸'은 나를 규정하는 정체성이 되어 버렸다. 나는 마른 몸이어야 하고, 마른 몸이 아닌 나는 정의 불가능한 낯선 무언가가 되어 버린다고 생각한 것이다. 살이 쪘다고 느끼는 순간 나를 잃어버릴지도 모른다는 공포와 마주했다. 그래서 더 강박적으로 식욕을 눌렀다.

이 과정이 내 삶에 잠깐의 동력이 되었던 것은 사실이다.

거식증이 주는 이상한 쾌감, 즉 나를 통제하고 있다는 감각은 나를 열정적으로 살게 했다. 나는 그 시기 가장 열심히 공부했고 가장 좋은 성적을 냈다. 하지만 그 상태가 지속됐다면 나는 죽었을 것이다. 미국정신의학저널에 실린 논문[*]을 보면 3,006명의 거식증 환자 중 약 6퍼센트인 178명이 사망했다고 한다. 또한 딜로이트 액세스 이코노믹스 보고서에 따르면 매년 10,200명이 섭식장애로 사망하는데, 이는 정신질환 중 가장 높은 수치였다.[**] 나는 스스로가 만들어 낸 거짓된 논리 속에서 점점 내 숨통을 조이고 있었던 것이다. 마치 마약에 중독된 것처럼 스스로가 만들어 낸 환상과 쾌감에 갇혀 끝을 향해 달려가고 있었다.

- Patrick F. Sullivan, M.D., FRANZCP, "Mortality in anorexia nervosa," *American Journal of Psychiatry* 1995.7
- "The Social and Economic Cost of Eating Disorders in the United States of America: A Report for the Strategic Training Initiative for the Prevention of Eating Disorders and the Academy for Eating Disorders," *Deloitte Access Economics* 2020.6

욕구에 대하여

욕구를 이해하는 것은 모든 심리 상담의 기본이다. 몸이나 마음의 상태는 결국 어떤 욕구에 대한 반응이기 때문이다. 욕구란 인간 내면의 결핍 상태를 뜻한다. 말 그대로 '결핍 상태'이기 때문에 욕구는 무언가를 갈망하는 원동력으로 이어진다. 하지만 욕구 자체가 구체적인 행동으로 표출되기 위해서는 '동기'라는 중간 다리가 필요하다. 예를 들어 '배고픔'이 먹을 것을 찾는 막연한 욕구라면 동기는 맛있는 밥을 상상하고 누군가와 함께 먹고 싶어 하는 마음이나 맛집에 가서 사진을 찍고 싶은 바람 등이 될 수 있다.

결국 인간이 어떤 행동을 하게 되는 이유는 그러한 행동을 추구하는 내면의 동기가 있고 그 뒤에 깔린 욕구가 있기 때문이다. 이를 설명하는 가장 보편적인 이론이 매슬로의 욕구 이론이다. 미국의 심리학자 매슬로는 욕구를 5단계로 나눈다. 먼저 사람은 삶을 영위하기 위해 가장 기초적인 생리적 욕구를 채우려 한다. 생리적 욕구에는 식욕, 수면욕, 배설욕 등이 포함된다. 이 욕구가 만족이 되면 재해나 범죄 등으로부터 안전하려는 욕구를, 뒤이어 유대감을 얻기 위한 사랑과 소속 욕구를 채우고자 한다. 이후에는 상대의 존중을 받기 원하는 존경 욕구와, 본인의 성장을 추구하는 자아실현 욕구를 만족하려 한다. 이렇게 사람은 다섯 단계의 욕

자아
실현의 욕구

존경의 욕구

사랑과 소속의 욕구

안전의 욕구

생리적 욕구

인간의 5대 욕구 단계

구를 가장 기초적인 욕구부터 순서대로 추구한다는 것이 매슬로의 욕구 이론이다.

사랑과 소속의 욕구가 채워지지 못했던 나는 생리적 욕구를 억누르면서 문제를 해결하려 했다. 가장 기본적인 욕구가 통제 가능해지면, 다른 욕구도 스스로 해결할 수 있을 것 같았기 때문이었다. 그러나 욕구는 통제하는 것만이 답이 아니다. 어느 정도는 충족시켜야 하는 것이다. 하위 욕구인 생리적 욕구가 해결되지 않으면 상위 욕구에 관해 고민할 수조차 없다. 결국 나는 상위 욕구 단계의 결핍에서 가장 아래 단계의 결핍으로까지 스스로를 내던진 것뿐이었다.

3부

살고 싶어 상처를 냈다

갈치조림과
밥 반 공기

극단적인 식단 조절로 급격하게 살을 빼니 몸에 이상이 나타났다. 온몸에 힘이 없어지고 아침에 일어나는 일 자체가 고역이 되었다. 탈모가 생겨 머리를 감고 말리는 과정에서 늘 머리카락이 한 움큼씩 쓸려 나왔다. 2차 성징도 멈추어 버렸다. 추위도 남들의 몇 배로 탔다. 겨울에는 뼈가 시려 교복 치마 아래 껴입은 다리 토시가 남들의 허벅지만 했다. 핫팩을 덕지덕지 붙인 내복 위에 스웨터, 방한 조끼, 경량 패딩, 코트, 그 위에 다시 두꺼운 패딩을 껴입어야 밖에 나갈 수 있었다.

그래도 다 괜찮았다. 마르기 위해 '조금'의 머리 빠짐과 '약간'의 추위 따위는 문제도 아니었다. 그러던 중 결정적으로 변화의 필요성을 느끼게 된 순간이 왔는데, 바로 생리가 끊기고 몇 달 후 의사 선생님이 나를 앉혀 놓고 진지하게 불임의 가능성에 대해서 설명했을 때였다. 선생님은 저체중으로 생리가 돌아오지 않으면 폐경과 다름없는 상태가 될 것이고, 그런 상태가 오래 지속되면 영영 아이를 가질 수 없게 된다고 말했다. 거식증에 걸린 이후 처음으로 두려움을 느꼈다. 멋진 사람과 결혼해서 행복한 가정을 꾸리는 것이 내 꿈이었는데 불임이 된다면 그 계획이 뒤틀리는 것 아닌가. 사실 일반적인 거식증 환자의 머리에선 나올 수 없는 생각이었다. 인고의 시간을 통해 이룩해 낸 다이어트의 정점에서 고작 불임 따위에 굴복할 수는 없었다. 실제로 수많은 거식증 환자들이 불임의 시기를 지나 아사로 죽는 것을 보면, 거식증 환자에겐 다이어트를 제외한 어떤 것도 문제가 되지 않는다. 그러니 내가 생각을 바꾸고 시야를 넓히게 된 이유는 단순히 불임의 위험 때문만은 아니었을 것이다. 그간 해 왔던 상담의 효과가 결정적인 순간 발휘된 것이다. 지속적으로 선생님과 상담하며 반복했던 상황 판단과 인지 훈련의 결과였다.

'40킬로그램까지는 쪄도 괜찮겠지.'

깊은 고민 후 결정을 내렸다. 생리가 중단될 만큼 마른 몸에 처음으로 객관적인 판단을 내린 것이다. 다시 강조하건대 이러한 결정을 내릴 수 있었던 것은 상담이 불러온 긍정적인 변화였다. 그렇게 그날 저녁 아주 오랜만에 밥 반 공기를 먹었다. 허름한 식당에서 갈치조림을 먹었는데, 어찌나 맛있던지 밑반찬까지 싹싹 긁어 먹었다. 그런 나를 본 엄마는 본격적으로 나를 맛집에 데려가기 시작했다. 엄마는 내 손을 잡고 무한 리필 한정식집, 고급 소고깃집, 유명 전집 등을 골라 '맛집 투어'를 했다.

밥을 먹기 시작한 것은 좋은 일이었다. 다만 이제는 조절할 수 없어 문제였다. 그림의 떡처럼 집 구석 차곡차곡 쌓아두고 먹지도 않던 일 년치 과자를 꺼내 하루 만에 다 먹어 버렸다. 그래도 배고파서 콩국수 한 냄비를 먹었고, 밥 없이 멸치볶음 한 통을 그 자리에서 비우는 등 못 먹어 죽은 귀신이 붙은 것처럼 참아 왔던 식욕을 터트렸다. 익스트림 헝거,

즉 신체적으로는 배부른 상태이지만 머리로는 극도의 배고
픔을 느끼는 상태가 온 것이다.

성공적인 거식,
실패자의 폭식

　'겨드랑이 땀 억제 수술을 하니 손 땀이 폭발했다.'라는 SNS 글을 본 적이 있다. 웃기고도 슬픈 이야기인데, 식욕도 마찬가지라는 생각이 든다. 식욕은 인간의 당연하고 거스를 수 없는 욕구이다. 이 식욕이 과도하게 통제되었을 때 겨드랑이 땀이 손 땀이 되듯 이상한 경로로 폭발하고 만다.

　거식증으로 거의 절식에 가까운 생활을 했을 때는 음식에 대한 이상한 강박과 취향이 있었다. 먼저 저장 강박이 있었다. 큰 가방 안에 먹지도 않을 과자와 초콜릿을 잔뜩 사서 넣어 두었다. 거식증에 걸리기 전에도 입에 대지 않았을 아주 느끼하고 혀가 아릴 정도로 단 과자들이었다. 그렇다고 그 과자 가방을 천장에 매달아 놓은 보리굴비처럼 때마다 살펴보며 입맛을 다셨던 것도 아니었다. 가방은 침실 구석에 방치되어 있었고 나는 계속 단것을 사 모으기만 했다. 그러면서도 가족들이 그 가방만큼은 만지지 못하게 했었다.

주변 사람들에게 음식을 먹이는 취미도 있었다. 식사 자리에 같이 앉기는 싫어했으면서 식사를 만들고 준비하는 시간에는 꼭 참여하려고 했다. 팔자에도 없는 베이킹을 배우겠다고 고집을 부렸고 버터와 기름이 줄줄 흐르는 레시피만을 골라 가족들이 끝까지 먹는 것을 눈을 크게 뜨고 지켜보았다. 음식의 맛을 상상하는 것은 즐거운 고통이었고 이 시간 동안 음식을 먹지 않은 나는 살찌지 않지만 남들은 살이 오른다는 것을 생각하면 즐겁기까지 했다. 책장은 점점 음식 관련 책들로만 채워졌다.

그러다 폭식이 시작됐다. 눌러 왔던 식욕이 불붙듯 치솟았다. 배부름을 느끼지 못한 채 끊이지 않고 먹으니 소화 불량이 생겼고 배만 부풀어 올랐다. 몸 여기저기에 튼살이 보이기 시작했다. 괴상해져 버린 몸에 좌절하며 절식을 결심

하면서도 얼마 되지 않아 또 폭식을 이어 갔다. 이런 절식과 폭식의 고리를 끊을 수가 없었다.

섭식장애는 거식증과 폭식증으로 나뉜다. 거식증은 체중 증가가 두려워 음식 섭취를 심하게 제한해 영양 부족과 저체중의 문제가 나타난다. 이 상태가 오래 지속되면 전신의 근육은 물론 심장 근육까지 빠져 죽음에 이른다. 폭식증은 음식에 대한 충동을 조절하지 못하고 폭식이나 과식을 하지만, 거식증과 마찬가지로 체중 증가가 두려워 구토를 하거나 절식을 시도한다. 그래서 체중은 표준이어도 몸 상태는 엉망인 경우가 많다.

두 질환을 구분하는 기준은 BMI(체질량지수)이기에 저체중인 거식증과 비교적 표준 체중에 가까운 폭식증 진단을 동시에 받기는 어렵다. 그러나 두 질환의 특징이 동시에 나타나는 경우는 빈번하고, 거식증이었다가 시간이 지나면서 폭식증이 되는 경우도 30퍼센트에 달한다.●

이는 거식과 폭식 둘 다 먹는 것과 체중에 집착하는 양상

● 「거식증·폭식증 정반대 질환 같지만, 동시에 나타난다고?」, 『헬스조선』 2023.10.12.

이 같기 때문이라고 생각한다. 섭식장애 환자들은 거식은 식욕을 통제하는 대단한 '성공'이고 폭식은 한심한 '실패'라고 착각하고 있을지도 모른다. 그러나 사실 둘 다 식욕에서 자유롭지 못하다는 점에서 실패한 것이다. 폭식증 환자는 통제력을 잃고 많은 양의 음식을 먹는다. 거식증 환자는 섭취를 과도하게 통제하는 대신 다른 경로로 욕구를 분출한다. 둘 다 적당히 먹는 것에 실패해 본인이 통제해야 할 것들에 의해 통제당해 버린 것이다.

그러나 폭식증은 거식증보다 심리적으로 힘든 경우가 많다. 이미 머릿속에 '폭식은 한심한 것'이라는 인식이 박혀 버렸기 때문에 더 자괴감이 든다. 거식증 환자에게 진정한 좌절과 고통의 시간은 바로 폭식이 시작되면서부터라고 해도 과언이 아니다. 자신이 가장 끔찍하다고 생각했던 행위를 하면서, 그 행위의 굴레를 벗어나지 못하는 스스로를 마주해야 하기 때문이다. 그리고 어째서인지 폭식 기간은 거식 때보다 긴 것만 같다. 나도 지금은 거식증 환자로 보이지는 않지만 배부름을 느끼는 감각이 남들보다 둔해져 여전히 간헐적 폭식과 소화 불량을 달고 산다.

●

쟤는
정신병자니까

폭식이 시작되면서 몸무게는 꾸준히 늘었고 45킬로그램이 되었을 무렵 다시 생리를 시작했다. 살이 붙으니 누렇게 떠 있던 얼굴빛이 살아나고 삶에 활력이 생겼다. 폭식 문제는 남아 있었지만, 당장은 몸이 회복되는 것처럼 보였기 때문에 상담 횟수도 줄여 가던 차였다. 그즈음 우리 가족은 지방으로 이사를 결정하게 된다. 부모님은 원래 살던 지역의 학구열도 내 문제에 일부 영향을 끼쳤다고 생각했다. 이사는 조금 갑작스러웠지만, 순조롭게 진행됐다. 다니던 병원에서 마지막 상담을 마친 날, 나는 첫 남자 친구였던 K에게도 이별을 고했다.

"나 이사 가게 됐어."

"그렇구나……. 그래도 연락은 하고 지내자."

그 아이로 인해 받았던 상처가 우스울 만큼 허무하게 헤어졌다. 부담이 덜한 곳에서 새로운 시작을 한다는 생각에 가족 모두 기대에 부풀었다. 이제 모든 것이 잘 풀릴 것만 같았다.

하지만 그것은 착각이었다. 완전히 새로운 환경에 적응하는 것은 쉽지 않았다. 학교에서 집으로 가는 지름길이 어딘지, 이 학교 또래들의 관심사가 뭔지 알려 주는 사람이 아무도 없었다. 전에는 굳이 신경 쓰지 않아도 되었던 일들이 모두 버겁게만 느껴졌다. 전학을 가자마자 당했던 따돌림은 나를 더욱 힘들게 했다.

전학 간 학교는 초등학생 때부터 함께 어울리던 아이들이 그대로 중학교로 진학해 온 터라 전학생이 쉽게 낄 수 있는 분위기가 아니었다. 나는 늘 쭈뼛거렸고 이동 수업 때는 어디로 가는지도 몰라 수업에 빠지는 일이 많아졌다. 선생님을 포함하여 학교의 누구도 내게 관심을 주지 않았다. 부모님에게 어려움을 토로해도 조금만 참다 보면 금방 적응하게 될 것이라며 나를 달랠 뿐이었다. 그사이 아이들은 서울에서 온 새로운 전학생에 대한 온갖 유언비어를 만들어 내고 있었다.

놀랍게도 도덕 과목을 맡고 있던 담임 선생님이 소문에 가장 적극적으로 가담했다. 선생님은 내가 수업에 빠진 어느 날 반 아이들에게 말했다.

"쟤는 정신병자야. 정신과에 다니는 애니까 우리가 이해하자."

이후 아이들은 나를 더욱 배척하고 무시했다. 우연히 아이들이 하는 이야기를 통해 선생님이 나에 대해서 그런 식으로 말했다는 것을 알게 된 날, 나는 미련 없이 교문을 나섰다. 평소 이동 수업으로 텅 빈 반에 남아 어쩔 수 없이 수업을 빠지는 일은 있어도 학교를 무단으로 나가는 일은 없었는데, 그날은 더 이상 학교에 남아 있을 이유가 없다고 생각했다. 원하지 않았던 아픔, 원하지 않았던 우울의 꼬리표가 이곳까지 나를 따라온 것이다.

곧장 아무도 없는 집으로 간 나는 서울에서 입던 교복으

로 갈아입고, 가지고 있던 비상금을 모두 털어 기차역으로
향했다. 이성적인 사고를 할 수 없었다. 믿었던 어른에 대한
배신감, 아무도 내 상황을 이해해 주지 않는다는 외로움, 스
스로에 대한 비참함과 서러움이 무작정 이 도시를 떠나고
싶게 만들었다. 나는 서울로 가야 했다. 우여곡절은 많았지
만 나를 이해해 주는 친구들이 있는 곳, 어린 시절부터 살아
온 가장 익숙한 곳으로 가야만 했다.

기차역에 가서 표를 끊자니 웬걸, 돈이 모자랐다. 누군가
에게 잡히기 전에 빨리 가야 한다는 마음이 앞서자 앞뒤 잴
것 없이 눈앞의 사람들을 붙잡았다.

"혹시 천 원 있으신가요?"

"저, 혹시 천 원만……."

사람들은 이상한 눈으로 나를 쳐다보며 지나갔다. 하지만
어디서 그런 배짱이 나왔는지 뻔뻔하게 구걸해 천 원, 이천
원씩을 얻어 기어코 만 원을 모았다. 부끄럽지 않았다. 고작
부끄러움 따위가 내 비참함에 앞설 수는 없었다.

그러나 한편으로는 가출이 성공하지 못할 것을 알고 있었
다. 나는 결국 집에 돌아가야 하겠지. 그 끔찍한 현실로 다

시……. 그것은 죽기보다 싫었다. 그래, 그러면 죽어 버리자. 이 가출은 성공 여부와 상관없이 죽기 전 마지막 여행이 될 것이다. 내 보잘것없는 인생보다 죽음이 더 값질 것이라고 결론을 내린 것이다. 그만큼 나는 심리적으로 벼랑 끝에 몰린 상태였다. 지긋지긋한 우울도, 답 없는 나 자신도 퍽 질려 버린 참이었다.

가방에는 집에서 몰래 훔쳐 온 수면제 한 통이 들어 있었다. 어디선가 봤는데, 수면제를 많이 먹으면 자는 듯이 죽을 수 있다고 했다. 부모님은 안방 통로의 벽장 한쪽을 항상 갖가지 약으로 채워 놓았다. 칸마다 자리한 묵직한 플라스틱 통 속에는 당시 불면증이었던 아빠를 위한 수면제가 여럿 있었다. 약 한 통 훔치는 것은 일도 아니었다.

거식증이나 우울증 환자가 전보다 활력이 생기면 주변 사람들은 쉽게 안심하게 된다. 그러나 환자에게 이 시기는 어느 때보다 위험하다. 정신적인 회복 전에 약과 식이 조절로 몸이 먼저 활력을 찾게 되면서 실제로 이 시기에 자살을 선택하는 사람들이 많다고 한다. 마음은 회복되지 않았으나 마음먹은 것을 실행할 만큼의 몸의 기력은 생겼기 때문이다.

당시 나는 운동이 가능해질 정도로 살이 붙은 상태였다. 하루하루 연명하는 것에 몸의 모든 에너지를 쓸 필요가 없어지니 가출도 생각하고 자살 계획도 가능해진 것이다. 가출 길에 오른 나는 이미 걸어 다니는 자폭 장치와 다름없었다.

내가 도망치고
싶었던 건

어렵게 돈을 모으는 데 성공했지만 정작 기차표를 끊자니 방법을 몰랐다. 문득 요즘 기차는 표 검사를 잘 하지 않는다는 이야기를 들은 것이 기억났다. 될 대로 되라는 마음으로 무작정 기차에 올랐다. 빈자리가 많아서 이대로 조용히만 있으면 서울까지 갈 수 있을 것 같았는데,

"표 좀 보여 주시겠어요?"

승무원이 내게 표를 요청했다. 비어 있어야 할 자리에 사람이 앉아 있으면 검사를 한다는 것을 몰랐던 것이다. 우물쭈물하고 있으니 승무원은 복도로 나를 끌어냈다. 거기서

나는 표 없이 기차에 탔음을 실토할 수밖에 없었다. 승무원은 교복을 입은 나를 훑어보며 한숨을 쉬더니 그 자리에서 발권을 해 주었다.

그렇게 서울까지 오게 된 나는 곧장 전에 다니던 중학교로 향했다. 도착하니 마침 점심시간이었다. 나는 자연스럽게 학교에 들어갔고, 교복을 입은 나를 아무도 제지하지 않았다.

"야, 나 왔어!"

"뭐야, 어떻게 왔어? 우리 학교로 다시 오는 거야?"

익숙한 얼굴의 친구들이 나를 반겨 줄 때는 고향 집에 온 기분이었다. 역시 서울로 오길 잘했다는 안일한 생각을 했다. 수업 시간에는 화장실에 숨어서 시간을 보냈다. 화장실 칸에 숨어 있으니 청소 아주머니가 수업 시간을 이용해 청소하는 소리가 들렸다. 청소는 해야 하는데 칸 한쪽에서 계속 문을 걸어 잠그고 있자 의도치 않은 대치 상황이 벌어졌다.

"학생? 수업 안 들어가?"

"아, 네……! 들어가요, 곧 나가요."

아주머니의 의심스러운 눈초리를 피해 다른 층 화장실로

숨어들길 서너 번, 결국 교직원 화장실로 자리를 옮기고 나서야 종례 종이 울릴 때까지 숨어 있을 수 있었다.

수업이 끝날 무렵, 나는 가장 친했던 친구의 교실 앞을 서성였다. 갈 곳이 없으니 일단 친구 집에 가면 좋을 것 같았다.

"나 오늘 너희 집에서 자도 돼?"

"너무 좋지! 가서 가출 이야기 좀 해 봐."

"너희 엄마가 괜찮다고 하실까?"

"일단 가자. 내가 말해 볼게."

친구 어머니는 내 방문을 달가워하지 않으셨다. 연락도 없이 불쑥 방문한 가출 청소년을 좋아할 어른은 아무도 없을 것이다.

"여기 온 거 너희 엄마가 아시니?"

"그냥 하루만 재워 주시면 안 될까요······?"

"아줌마가 재워 줄 수는 있는데, 부모님께 전화하는 조건으로 자고 가."

가출한 지 얼마나 됐다고 부모님에게 전화할 수는 없었다.

'찜질방은 자정 넘으면 신분증 검사하겠지? 그냥 지하철역에서 자 버릴까? 하루는 그렇게 잔다고 해도 계속 숙식을

부칠 곳이 있어야 하는데……'

짧은 시간 수많은 생각이 스쳐 지나갔다. 그러나 이런 마음을 꿰뚫어 본 듯한 친구 어머니의 마지막 한마디에 나는 꺼 놓은 휴대폰을 다시 켤 수밖에 없었다.

"부모님께 허락받으면 며칠 더 있어도 돼. 밥도 여기서 먹고."

나는 울며 겨자 먹기로 가출 반나절 만에 엄마에게 전화했고, 학회 때문에 서울에 있던 아빠가 소식을 듣고 곧장 나를 만나러 근처 카페로 왔다. 이렇게 장거리 가출이 어이없고 허무하게 끝나는 듯했지만, 내 고집도 만만치 않았다. 나는 집에 돌아가지 않겠다고 선언했고 아빠는 친구 집에 며칠 머무르다 와도 좋으니 다시 집으로 돌아오라며 실랑이를 벌였다. 나는 부모님이 원망스러웠다. 갑자기 이사를 결정한 것도 부모님이었고 그 학교에 나를 전학시켜 갖은 수모를 당하게 한 것도 부모님이라고 생각했다. 부모님이 내 건강과 심리적 안정을 위해 지방으로 가자고 할 때만 해도 좋았다. 하지만 이젠 모든 것이 도망처럼 느껴질 뿐이었다. 우리 가족은 서울에서 도망쳤고, 나는 다시 서울로 도망친 것이다.

사실 내가 도망치고 싶었던 건 집이나 학교가 아니었다. 정신병자 꼬리표로 차별하는 선생님도, 그런 꼬리표를 이상하게 바라보는 친구들도 아니었다. 꼬리표를 몸에 단 나 자신에게서 벗어나고 싶었다. 하지만 때로는 맞서야 했던 게 아니었을까. 나를 정신병자라 낙인찍고 따돌리는 무리의 우두머리는 바로 나 자신이었다. '너는 왜 그런 식이야? 사람들이 너를 싫어하는 건 네가 그런 사람이라서 그래.' '맞아, 너는 사랑받을 자격 없어.' '보잘것없어.' 이런 생각에 스스로 무너졌다. 부정적인 생각들이 꼬리에 꼬리를 물 때 내가 마침표를 찍어야 했는데 함께 휩쓸리고 만 것이다. 이사나 가출처럼 잠시 잠깐 처한 현실의 상황을 바꾸는 것이 모든 것을 안정시킬 것이라는 생각은 오산이다. 나 자신은 바뀌지 않기 때문이다. 내 심리적 문제는 변하지 않았고, 환경의 변화는 오히려 나를 허망하게 했다.

●

자물쇠를 건
약통

　자살에 대한 생각은 어릴 적부터 가지고 있었다. 사는 게 재미있지 않았고 가치 있다고 생각해 본 적도 없다. 부모님의 사랑을 받고 싶은 게 다였는데, 누군가의 기쁨이 되기 위해 사는 일은 치열하기만 할 뿐 재밌을 리 만무했다. 초등학생 때는 하교 후 5층이었던 집 창틀에 몸을 반쯤 걸친 채 여기서 떨어지면 얼마나 아플지 생각하는 것이 일과였다. 한번은 푹신한 패딩을 입고 떨어지려고 한 적도 있었다. 죽고 싶었던 주제에 고통은 무서웠던 것이다. 다행히 그러고 있는 나를 발견한 엄마 덕에 실행에 옮길 수는 없었다. 나는 기겁한 엄마에게 그저 종이비행기를 날리고 있었을 뿐이었노라고 거짓말을 했다.

두 번째 시도는 가출 사건이 있고 얼마 뒤였다. 못 이기는 척 다시 돌아온 집에서 부모님은 나를 배려하듯 가출에 대해 일절 말을 꺼내지 않았다. 나는 그게 더 고통스러웠다. 내심 부모님과 이 문제를 마주하길 바랐기 때문이었다. 물어봐 주었으면 했다. 무엇이 힘든지, 얼마나 힘들었는지 물어봐 주길 마냥 기다렸다. 하지만 문제를 외면하며 직접적인 갈등을 피해 왔던 우리 가족의 소통 방식이 쉽게 변할 수는 없었다. 소통의 부재는 마음의 벽과 자살에 대한 결심을 점점 굳어지게 했다.

다시 돌아온 학교 정문에는 전에 없던 자물쇠가 생겼다. 학교를 향한 내 마음도 굳게 닫혔다. 정서가 불안한 나를 하교 시간마다 데리러 오며 이야기를 들어 주던 친할머니가 누군가에게 전화로 내 욕을 하는 것을 들은 날, 오랫동안 계획한 자살을 실행할 때가 되었다는 생각이 들었다. 원망스럽지도 실망스럽지도 않았다. 오히려 후련했다.

어느 주말 오후, 나는 땀이 배어 나와 끈적해진 손으로 동

그렇고 하얀 수면제 오십여 알을 모두 꺼내 입에 털어 넣었다. 가출 내내 들고 다녔던 그 수면제였다. 약 냄새가 온몸을 옭아매는 듯했다.

'연어도 죽을 땐 고향에 돌아와 죽는다던데. 이럴 줄 알았으면 약도 들고 다닐 필요가 없었네.'

별 볼 일 없는 생각을 하며 침대에 앉아 책을 읽었다.

이후 이어지는 기억은 잔상으로 남아 있다. 커튼과 천장은 온통 새하얬고 침대는 차갑고 딱딱했다. 엄마가 내게 먹고 싶은 것이 없냐고 물었고 나는 빵이 먹고 싶다고 말했던 것 같다. 짧은 꿈을 꾸고 일어났을 때 엄마는 내 손에 소보로빵을 쥐여 주었고, 나는 먹다가 토했다. 옆에서 한숨 소리가 들렸다. 나는 다시 잠에 들었다.

다시 눈을 떴을 땐 햇살이 따스했다. 아주 오래 자고 일어난 듯 몸이 개운했다. 고개를 돌려 보니 아이보리색 책상과 하얀 램프가 눈에 들어왔다. 내 방이었다. 눈을 깜박이며 생각을 정리하려 애썼다. 죽었다기에는 따뜻한 이불의 감촉이 너무나 생생했다. 그때 방문이 열리고 엄마가 들어왔다.

"일어났어? 얼른 밥 먹고 교회 가자."

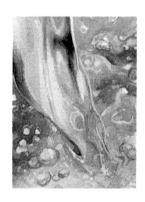

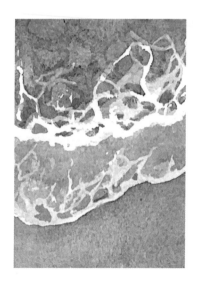

아무 일도 일어나지 않았던 듯 지겹도록 일상적인 톤에 더 혼란스러워졌다. 가출 후 돌아왔을 때와 똑같은 상황이었다. 교회에 가야 한다며 부산스레 준비하는 가족의 모습은 여느 때와 같은 일요일 아침의 풍경이었다. 우리는 아무렇지 않게 교회에 갔고 오후에는 외식을 했다. 그리고 집으로 돌아와 함께 TV를 봤다. 그날의 기억이 꿈이 아니었다는 것은 오른쪽 팔뚝에 자리한 주삿바늘 자국과, 굵은 자물쇠로 굳게 잠겨 버린 벽장 속 약통을 통해서만 알 수 있었다. 이상했다.

'나 이렇게 아팠어. 나 이렇게 힘들었어. 그래서 그랬어. 아니, 그래도 내가 미안해. 내가 잘못했어.'

사과를 하고 싶었는데, 하다못해 변명이라도 하고 싶었는데 부모님은 누구보다 빠르게 그 시간을 덮어 버렸다. 그리고 나는 죄책감과 함께 그 시간에 갇혀 버렸다.

얼마 전 소화제를 먹으려고 예의 벽장을 열었을 때, 더 이상 자물쇠는 없었다. 남아 있는 건 한때 자물쇠가 채워졌던 크고 흉물스러운 구멍뿐이었다. 어린 날의 나는 부모님의 가슴에 어떤 것으로도 메울 수 없는 아픈 구멍을 뚫어 놓았던 것이다. 자신들이 돌보던 병상에서 스스로 약을 먹고 쓰러진 딸을 볼 때의 마음은 어땠을까. 뚫기도 버거운 두꺼운 플라스틱 약통에 기어코 자물쇠 구멍을 내면서 아빠는 어떤 생각을 했을까. 하마터면 다시는 마주할 수 없었을지도 모를 딸의 눈을 마주 보며 "교회 가자." 그 첫마디를 아무렇지 않게 건네기 위해 엄마는 속으로 얼마나 많은 눈물을 삼켰을까.

우리는 아직까지도 서로 약속이나 한 듯 그날의 일을 함구한다. 처음에는 시간이 지나면 조금 나아지겠지 하여 덮어 두었을 것이다. 하지만 이제는 너무 오래 지나 그 시간을 다시 들추어낼 용기가 없다. 물리적 시간은 내 몸의 주사 자국을 흔적도 없이 지워 버렸다. 그러나 침묵한 시간은 부모님의 가슴에 뚫린 구멍도, 약통의 구멍도, 첫 상담 때 드러난 내 마음의 구멍도, 어느 것 하나 메워 주지 못했다.

죽음, 또는 삶에 관하여

죽어 보지 않았는데 죽음의 아픔을 어떻게 알까. 종종 미디어를 통해 우울증으로 인한 자살 소식이 들려오면 가슴이 아프다. 그들이라고 죽고 싶은 것은 아니었을 것이다. 그렇게 살기 싫었을 뿐인 거다. 남들 다 하는 '살기'도 무서운 사람이 '죽기'라고 안 무서웠을까.

나도 무서웠다. 그래서 패딩을 두르고 떨어지려 했고, 자는 듯 죽을 수 있다기에 수면제를 찾았다. 그 이후 다시 자살 시도를 하지는 않았다. 하지만 여전히 내게 삶이란, 이미 출발한 롤러코스터가 도착점에 이를 때까지 버티느냐 중간에 떨어져 끝내느냐의 문제였다. 겁이 많은 사람일수록 안전바를 꼭 잡는 것처럼, 떨어져 죽을 용기가 없으면 버텨야 한다고 생각했다. 이미 떨어져 버린 것과 다름없는 심정으로 조각난 마음을 주워 가며, 그렇게 죽지 못해 살았다.

그런데 그렇게 살다 보니 다른 종류의 삶이 있다는 것을 알게 되었다. 버티는 삶과 버티지 못하는 삶, 그리고 즐기는 삶이 있었다. 롤러코스터가 너무 좋아 소리 지르며 즐기는 사람이 있는가 하면 무섭고 싫지만 다시 오지 않을 시간이니 가까워지는 하늘을 보고 얼굴을 스치는 바람을 느끼며 작은 즐거움에 집중하는 사람이 있었다. 아, 이렇게도 살아가는구나. 이렇게도 살 수 있구나.

"반드시 살아야 해. 언젠가 좋은 일이 있을 거야."라는 무책임한 희망의 말이 가볍게 들릴 수 있다는 것을 안다. 그러니 죽음을 고민하는 사람들에게 감히 어떤 말을 해 줄 수 있을까. 담담하게 이야기를 하고 있는 나도 아직 매일 죽음을 고민한다. 우울이 심해지면 머릿속으로 나를 몇 번이고 숙이고, 죽어 버린 나를 보고 슬퍼하는 가족들을 생각하며 혼자서 운다. 하지만 실제로 20층 오피스텔 밖으로 몸을 던지는 일도, 차도로 뛰어드는 일도 실행에 옮기진 않는다. 삶이 전과 다르게 즐겁고 가치 있어서는 아니다. 다만 조금 다르게 사는 방법이 있는 것 같아서, 순간을 살다 보면 느껴지는 소소한 기쁨들에 집중하려는 것이다. 어차피 사는 건 조금씩 죽어 가고 있는 거니까 조금 더 천천히 가도 괜찮지 않을까? 좋아하는 야식을 먹으면서, 좋아하는 노래를 들으면서. 그러다 보니 대학도 가고 직장 생활도 하고 이렇게 글도 쓰고 있다. 어떤 날은 '꾸역꾸역'이었던 삶이 어느 날은 '눈 깜짝할 새'가 되고 또 어느 날은 '몽글몽글'이 된다. 방심한 틈을 타 또다시 '꾸역꾸역'으로 돌아오는 삶이지만, 그래, 그게 삶이다. 그토록 꿈꿔 왔던 평범한 삶이다.

●

반항,
혹은 방황

　결국 공교육에 적응하지 못한 나는 대안 학교에 들어가게 됐다. 나는 대안 학교를 나와 원하는 대학교에 합격했고 수석으로 졸업했다. 그렇기 때문에 대안 학교가 내 앞길에 문제가 되었다는 둥 부정적인 이야기를 하고 싶은 마음은 없다. 대안 학교에 대한 사회의 인식도 전과 많이 달라졌나는 것을 안다. 다만 우후죽순 생겨나는 대안 학교를 잘 선택해야 할 필요도 있다는 말은 하고 싶다. 나 또한 첫 번째로 간 대안 학교에서 실패를 경험했다. 자살 소동 이후 부모님은 급하게 수소문해 대안 학교 한 곳을 알아냈고, 나는 불안정한 상태로 그곳에 전학을 가게 되었다.

그곳은 중학생과 고등학생이 함께 수업을 받는 기숙형 학교였다. 스무 명이 채 되지 않았던 그곳의 학생들은 모두 소위 '일진' 출신이었다. 지금 생각해 보면 그들 또한 각자의 삶 속에서 치열하게 분투하고 있었을 텐데, 사춘기였던 내게는 담배를 피우고 문신을 한 언니 오빠들의 모습이 그저 자유로운 새처럼 보였다.

"꼰대들한테 잘 보여서 뭐 해?"

그들의 반항은 내게 누군가에게 사랑받으려 애쓰지 않아도 된다고 말해 주었다. 그들이 가지고 있는 상처는, 내 아픔 또한 별것 아닌 것이라고 하는 듯했다. 자연스레 그들의 문화를 배워 갔다. 그들의 날개를 빌려 처음으로 어른의 말을 거역하고 일탈을 했다. 선생님의 면전에 소리 지르고 욕을 할 때는 짜릿하기까지 했다. 전학 한 달 만에 나는 내게 관심을 보이던 고등학교 2학년 오빠와 자연스럽게 사귀게 되었고 밤마다 불 꺼진 학교에서 삼삼오오 모여 노는 것이 일상이 되었다. 학교가 산에 있다는 점을 이용해 공포 체험이랍시고 산을 탐험하며 낄낄대거나 거리가 먼 마을까지 걸어가서 담배를 사 오는 식이었다. 언니 오빠들의 옷에서 나는 톡 쏘는 담배 냄새랑 시원한 밤 냄새가 좋았고, 고개를 들면 쏟아질 것같이 가득했던 별들과 찌르르 울리는 여름벌레 소리가 좋았다.

그곳에서는 거식증과 우울증이 내 방패였다. 아무리 심하게 반항을 해도 병 때문이라는 말로 둘러대며 계속 착한 아이로 남을 수 있었던 것이다. 아픔을 도구로 삼았다고 생각한 적은 없었는데, 지금 돌이켜 보면 진단을 받고 나서도 다른 환자들과 다르게 큰 거부감이 없었던 것은 사실 나도 내가 아프길 바랐기 때문이었던 게 아닐까? 가족들 사이에서 나는 언니라는 이유로 늘 동생의 앞에 서야 했다. 하지만 약한 사람은, 아픈 사람은 이해받고 용서받을 수 있다. 그러니 나는 사실 환자인 것에 안도하고 있지 않았을까? 폭발하는 분노와 혼란스러움을 모두 거식증과 우울증 탓으로 돌린 채 나는 그렇게 사람들 앞에서 자유로울 수 있었다.

착하고 여린 사람들일수록 마음의 병에 잘 걸린다는 말이 있다. 드라마 「정신병동에도 아침이 와요」(2023)에서도 주인공 정다은(박보영 분)이 정신 병동에 들어온 환자에게 이런 말을 한다.

"너무 속상해요. 여기는 착한 분들만 오시는 것 같아서."

어느 정도는 공감되는 말이다. 여기서 '착한 사람들'은 소심한 사람들, 참는 사람들일 테니. 나도 마찬가지였다. 나는 그저 분란이 싫어 참는 사람이었는데 어느새 착한 사람이 되어 있었다. 다들 착한 사람은 화를 내는 법도, 자신의 의견을 고집하는 일도 없다 생각하니 사소한 일에 목소리 내는 것조차 눈에 띈다. 나를 착한 사람으로 생각하는 누군가를 실망시키는 게 싫어 더 참을 수밖에 없었다. 참고 참다 보니 그게 쌓여 병의 불씨가 되었다. 그런데 불씨가 커져 나를 삼켜 버렸을 때, 고통을 주기만 할 줄 알았던 불이 오히려 내게 또 다른 가면이 되어 준다는 것을 알게 됐다. 그 뒤에서 나는 어린아이처럼 마음껏 떼를 쓰며 행동할 수 있었다. 착하고 성숙한 아이 가면을 쓰고 참는 것보다 병의 가면 뒤에서 참지 않는 사람이 되는 게 더 좋았다. 반항적인 선배들을 동경했던 것도 다른 사람들의 시선과 통제에 굴하지 않는 모습이 좋아서였다.

하지만 그때의 내가 한 가지 놓친 것이 있었다. 내게 날개를 달아 주었다고 생각했던 그 언니 오빠들에겐 정작 정착할 곳이 없었다. 그 반항에는 목적이 없었다. 그저 자신을 상처 준 어른에 대한 끝없는 분노만이 그들을 움직이고 있었다. 정착할 수 없는 자유는 방황과 같고 지독한 추위와 외로움을 불러온다. 나도 내심 이런 목적 없는 반항이 스스로를 정당화하는 족쇄라는 것을 알고 있었던 것 같다. 그래서 그즈음 자해를 시작했다.

살고 싶어
상처를 냈다

언니 오빠들과 있다 보면 자유롭게 나는 것 같다가도, 공기가 없는 공중에 표류하는 것같이 숨이 턱 막히는 순간들이 있었다. 이때 컴퍼스나 커터 칼 같은 것으로 손목을 그으면 숨통이 트이는 것 같았다. 예전 학교에서 어울렸던 친구의 말이 맞았다. 그 친구의 팔뚝에는 늘 붉은 별이 그어져 있었다. 컴퍼스로 그은 별이었다. 아빠에게 맞아 화가 날 때마다 이렇게 하면 분이 풀린다던 그 친구의 말처럼 예리한 고통은 순간적인 쾌감이 되었다.

가볍게 시작했던 자해는 곧 습관이 되었다. 분명한 것은 내게 자해는 자살을 의도한 행위가 아니었다는 점이다. 의학적으로도 '비자살적 자해'라는 용어가 있다. 실제로 국내의 한 연구*에서 자해 경험이 있다고 응답한 103명의 청소년 중 자살 의도가 있었다고 응답한 비율은 32퍼센트에 불과했다.

　청소년의 비자살적 자해에는 여러 이유가 있겠지만, 스트레스를 받았을 때 이를 건강하게 풀어내는 방법을 미처 배우지 못했거나 혹은 실천하기에 여러 제약이 있어 직접적이고 순간적인 해소 방법으로 자해를 선택하게 되었을 수 있다. 즉 청소년들은 자해를 '몸을 해치는 심각한 손상 행위'가 아니라 그저 '스트레스를 순간적으로 풀어 주는 도구'로 인식하고 있을 수 있다는 것이다. 그래서일까. 자해 행동은 비교적 어린 나이인 열세 살 전후로 나타난다. 미국 청소년의 약 14~15퍼센트, 대만 고등학생의 11.3퍼센트, 중국 청소년의 17퍼센트가 최소한 한 번 이상의 자해 경험이 있다고

● 이동귀·함경애·배병훈 「청소년 자해행동: 여중생의 자살적 자해와 비(非)자살적 자해」, 『한국심리학회지: 상담 및 심리치료』 제28권 제4호, 2016.

보고되기도 했다.*

비자살적 자해라고 할지라도 이를 반복하게 되면 스스로를 상처 입히는 일에 무감각해지고, 실제 죽음에 대해서도 무감각해질 수 있다. 또한 자해도 마약처럼 점점 스트레스가 해소되는 느낌이 덜해진다. 시간이 지날수록 이런 해소법은 도움이 되지 않을 것이다. 그러므로 청소년기부터 내가 무엇을 할 때 해방감을 느끼고 스트레스가 줄어드는지 탐색할 필요가 있다. 거창한 것이 아니어도 쉽게 할 수 있는 취미라면 더 좋다. 나의 경우 시간이 흐르며 점차 이전의 자해 습관을 버리고 '시 쓰기'라는 새로운 해소법을 찾게 되었다. 하루의 감정을 종이 위에 토하고 나면 한결 편해지는 것을 느꼈던 것이다.

나를 걱정하던 가족에게는 가당치도 않은 변명일 테지만, 당시에는 자해를 통해 나를 죽이려는 듯 달려드는 끔찍한 생각과 기분에서 잠시 벗어날 수 있었다. 다행히 자해 습관은 얼마 지나지 않아 엄마의 눈에 띄었다. 아니, 내가 먼저

● 앞의 글.

보여 주었다는 표현이 맞다. 나는 엄마에게 "이거 봐 봐." 하면서 아무렇지 않게 팔뚝을 내밀었고, "별로 안 아파."라고 덧붙였다. 엄마가 마음 아파하는 게 보고 싶어 그렇게 행동한 건 아니었다. 다만 자해 후 매우 양가적인 마음이 공존했던 건 사실이다. 상처를 숨기고 싶은 마음과, 누군가 이 상처를 봐 줬으면 하는 마음이 함께 있었다. 스트레스를 자해로 푼다는 것이 부끄러우면서도, 말로는 표현하기 힘들었던 우울한 마음을 누가 알아주었으면 하는 나름의 SOS 신호였던 것이다.

엄마의
배신

엄마는 내 자해 흔적을 본 뒤로 나와 이야기할 기회가 생길 때마다 학교생활에 대해 물어 왔다. 그 관심이 좋으면서도 불편했다. 상처를 보여 준 건 나지만, 내가 엄마와 나누고 싶었던 건 껍데기에 불과한 학교생활이 아니라 우리 가족이 모두 외면하고 싶어 하는 곪아 버린 시간에 관한 이야기였기에 보이는 문제에만 신경 쓰는 엄마의 질문이 짜증났다.

"요즘 학교는 어때? 뭐 재밌는 일은 없었어?"

"어."

"그래? 이번에 시험 봤다면서. 어땠는지 좀 이야기해 봐."

"그냥 봤어."

"학교가 산속인데 밤에 춥지는 않아? 엄마가 이불 더 보내 줄까?"

"아, 됐다고. 그만 좀 해."

딸이 점점 불량해지고 말도 잘 하지 않자 엄마는 내가 친하게 지내던 같은 학교 언니에게 전화해 내가 어떤 오빠와 사귀고 있다는 사실을 알아냈다. 그리고 그 오빠에게 연락해 나와 헤어지라고 말했다.

"우린 여기까지인 것 같아, 미안."

오빠는 곧바로 내게 헤어짐을 고했다. 나와 친했던 다른 언니 오빠들도 모두 내게 등을 돌렸다. 나는 그렇게 자신들의 비행을 부모에게 고자질한 배신자가 되었다. 순식간에 학교생활이 무너져 내렸다. 내가 사랑이라 믿었던, 우정이라 믿었던 모든 것들이 전화 한 번에 사라져 버릴 허상이었던 것이다. 선생님마저 내게 등을 돌렸던 이전 학교에서의 기억이 되살아나는 듯했다.

"너희 엄마가 걔한테 전화해서 헤어지라고 했잖아. 왜 모른 척해?"

"아니, 나는……. 나는 엄마가 그런 전화한 줄도 몰랐어
요, 언니."

"어쨌든 우리를 안 좋게 말한 거잖아, 너희 부모한테. 그
러니까 헤어지라고 했겠지. 야, 우리 입장에서도 생각해 봐."

그때 엄마에게 느꼈던 배신감은 이루 말할 수 없다. 엄마
는 나에게 아무 말도 하지 않은 채 어른의 권위를 내세워 나
의 인간관계를 망가뜨렸다. 엄마는 마음이 급했을 것이다.
딸이 더 이상 방황하지 않기를 바랐을 것이다. 하지만 그 사
이엔 너무나 많은 절차가 생략됐다. 결국 이 모든 상황을 전
혀 상관없는 다른 사람을 통해 들었을 때 엄마에 대한 나의
신뢰는 완전히 깨질 수밖에 없었다. 그 후로 나는 엄마와 대
화할 때마다 "엄마, 이거 다른 사람들한테 말하지 마."라거
나 "이런 말 또 누구한테 전하는 거 아니야?"라며 의심하는
습관이 생겼다.

엄마는 나를 배신했고 학교에도 더 이상 내 편이 없다. 그
생각은 나를 반쯤 미치게 만들었다. 순식간에 기숙 학교가
감옥으로 느껴졌다.

'난 왜 또 여기에 있지? 전과 다름없는 학교에 왜 갇혀 있지?'

선생님께 당장 집에 보내 달라고 했지만 주말까지 기다려야 한다는 말뿐이었다. 나는 교무실로 달려가 교내 방송 마이크를 켰다. 내 목소리는 전교에 울려 퍼졌다.

"날 여기서 꺼내, 이 쓰레기 같은 새끼들아!"

주말이 되어 집에 돌아가면 나를 배신한 엄마가 있는 집이 또 다른 감옥처럼 느껴졌다. 그럼 다시 학교로, 다시 집으로 도망치길 반복했다. 학교에서는 수업도 듣지 않았고 시험도 치지 않은 채 기숙사에만 있었다. 수업 중 함께 낄낄댈 친구도 없었고, 시험을 잘 봐도 자랑할 사람이 없었다. 그럴수록 학교에서는 나를 몰아붙였다. 당시 나는 통제 불가의 날뛰는 짐승과 다름없어서 기숙사 방을 혼자 쓰고 있었는데, 한번은 교감 선생님과 담임 선생님이 내 방으로 들어왔다. 점호가 끝나고 취침 준비를 마친 밤이었다.

"너는 귀신이 들렸다."

"뭐라는 거야!"

"선생님, 거기 잡으세요! 봐, 네가 이렇게 반항하는 것도 귀신 때문이야."

"이거 놔!"

"기도합시다."

나는 두 명에게 순식간에 온몸을 포박당한 채로 매질을 당했다. 끔찍한 시간이었다. 나는 더욱 난폭해졌다. 나를 지킬 수 있는 건 내 분노밖에 없었다. 발작하듯 물건을 던지고 소리를 질렀다. 부모님은 결국 그 학교에서도 나를 자퇴시켰다. 마음은 이미 너덜너덜해져 있었고 부모님과의 관계도 박살이 나 있었다. 더 이상 희망이 보이지 않는 듯했다.

4부

여전히, 삶에 관한 이야기

●

환대받는
마음

　자퇴를 했지만 나는 여전히 청소년이었고, 어쨌든 다시 학교로 돌아가야 했다. 부모님이 맞벌이를 했기 때문에 홈스쿨링은 생각도 할 수 없었고 이미 학습 격차가 벌어져 일반 학교로 돌아갈 수도 없었기에 우리는 다시 대안 학교를 선택하게 됐다. 부모님은 교회에서 지인의 자녀들이 다닌다는 학교를 소개받았다. 부모님에게는 그 학교가 또 다른 희망이었는지 몰라도 나는 아니었다. 당시 나는 예민했고 잔뜩 기가 죽은 상태였다.

　'대안 학교가 다 거기서 거기겠지. 그곳에 가서도 상처받

고 외로울 거야. 남들이 다 평범하게 다니는 학교에 계속 실패하는 건 나한테 문제가 있기 때문이야.'

처음에는 이런 생각 때문에 전학을 거부했다. 더 이상 새로운 곳에 적응할 기운도 없었다. 구경이나 가 보자며 부모님 손에 이끌려 억지로 방문한 두 번째 대안 학교는 산골짜기에 위치한 작고 예쁜 학교였다.

그곳이 지금의 나를 있게 해 주었다. 기숙 학교라는 점은 전과 비슷했지만 착하고 순수한 학생들이 있었고 선생님들이 학생들 한 명 한 명을 주의 깊게 보살펴 주었다. 학업 스트레스에서 자유로운 환경이기도 했다. 일반 학교에서는 꿈꿀 수 없는 모든 것들이 내게 전에 없던 안정감을 주었다. 환대, 그것은 환대받는 기분이었다. 병원에선 환자, 학교에선 악동이었고 부모님께는 불효자식이었던 내가 그곳에서는 비로소 평범한 학생일 수 있었다.

물론 처음부터 마음을 열었던 것은 아니었다. 전교생 앞에서 첫 소개를 하던 날, 나는 나를 보며 웃는 선생님에게 "뭘 쳐다봐요?"라고 따져 사람들을 당황시켰다. 순수하게 다가오는 친구들에게도 벽을 치며 이전 학교로 돌아가고 싶다고 마음에도 없는 생떼를 부렸다. 그러나 쉬는 시간엔 너나 할 것 없이 산을 뛰어다니며 오디와 보리수 열매를 따 먹는 곳, 때로 진달래인 줄 알고 철쭉 꿀을 빨아 먹다 단체로 배탈도 나는 곳, 주말엔 '경찰 도둑' 놀이를 하다 누군가 이마가 깨지고 칠판에 두는 오목 게임이 모두의 최고 관심사인 곳, 서울에서 왔다는 말에 적의보단 호기심을 보이는 아이들과 그런 아이들을 집으로 초대해 간식을 만들어 주는 선생님들이 있는 곳, 어느새 나도 그곳에 녹아들고 있었다.

"너 입술 색 엄청 자연스럽다. 틴트 뭐 발라?"

"틴트를 왜 발라?"

그곳에서 화장은 필요 없었다. 첫 남자 친구를 사귀면서 그의 잘나가는 친구들에게 면이 서기 위해 어설프게 시작했던 화장은 내 등교 필수 과정이었다. 렌즈로 눈을 억지로 커보이게 하고, 노란 피부를 허연 파운데이션으로 가리고, 분홍빛 입술을 새빨간 틴트로 채워야 그나마 누군가의 눈을 보고 대화할 자신감을 얻었다. 화장을 지운 내 얼굴이 싫어 맨얼굴로는 거울도 잘 보지 않았었다. 나 말고도 많은 친구들이 그랬다. 그런데 이 학교에서는 화장하는 아이를 찾을 수가 없었다. 여드름이 난 피부든 작은 눈이든 각질이 올라온 입술이든 누구도 별로 신경 쓰지 않았다.

"지금 식당에서 감자 삶고 있대!"

"나 먹을래! 소금 한 숟갈 찜!"

어떻게 하면 감자에 더 많은 소금을 찍어 먹을까가 중요한 아이들 앞에서는 나를 보호하기 위한 날카로운 말도 필요 없었다. 차츰 공부에도 흥미를 붙였다. 점수에 따라 차별하는 선생님이 없으니 잘해야 한다는 부담이 없어졌고, 부담이 없어지니 오히려 재밌어졌다.

모든 것이 급속도로 좋아지는 것이 이상하리만큼 신기했다. 무엇이 나를 변하게 했던 걸까? 이 학교에 오기 전까지 내 주변에는 나를 위해 노력하는 사람들이 많았다. 의사 선생님이 있었고 나를 사랑하는 부모님이 있었다. 그러나 그들에게 나는 어디까지나 해결해야 할 과제였다. 자연스럽게 '환자'는 내 정체성이 되었고 평범한 행동도 내가 하면 주의 깊게 관찰해야 할 행동으로 취급받았다. 나 또한 누군가의 골칫거리가 된 스스로가 난제로 느껴져 마음이 무거웠다. 그러나 두 번째 대안 학교 사람들은 내게 문제가 있다는 것조차 몰랐다. 설령 아픔이 드러나더라도 그걸로 나를 낙인찍을 사람들도 아니었다. 그들 틈에서 나는 부모님의 인정을 받는 것, 누군가에게 사랑을 받는 것 따위의 어렵고 무거운 임무에서 벗어나 별것 아닌 일상의 소소한 재미를 찾을 수 있었다.

'오늘 회의한 축제 연극 너무 재밌겠다. 내일 내가 극본을 쓰겠다고 말해 볼까? 아, 내일은 모내기였지. 모내기하러 가면 선생님들이 수육 삶아 준다고 했는데, 신난다.'

자해를 하던 습관도 점점 사라졌다. 글 쓰는 소질을 알아봐 준 선생님 덕분에 시 쓰는 취미가 생겼다. 그건 나중에 일기를 쓰는 취미로 바뀌었고 지금의 글을 쓰는 데도 큰 도

움을 주었다. 폭식으로 마음이 힘들 때면 외모에 크게 신경
쓰지 않는 친구들을 보며 내가 목숨 걸고 했던 다이어트가
사실 그렇게 중요한 것이 아닐 수도 있겠다는 생각을 했다.
점점 폭식이 줄고 적당한 식사를 할 수 있게 되었다. 마음의
구멍 위에 토사가 한 겹 두 겹 쌓여 조금씩 굳기 시작한 것
이다. 오래 돌아온 길이었다.

딸이 아니었다면
나랑 친구 했을 거야?

폭식증과 자해 습관이 점차 사라지고 평범한 학생으로 살아가기까지 두 번째 대안 학교 덕도 있었지만 무엇보다 가족과 거리를 둔 덕이 컸다. 내 결핍의 뿌리는 부모를 향한 인정 욕구에 있었기 때문이었다. 가족의 이야기는 늘 조심스럽다. 가족들로 인해 생긴 결핍에 대해 쓰다 보면 가족들이 나쁜 사람처럼 보일까 두렵기 때문이다.

하지만 내가 병원 상담의 80퍼센트 이상을 가족 이야기만 했다는 것, 모든 문제와 변화의 중심에 가족이 있었다는 점은 부정할 수 없다. 영국 다이애나 왕세자비의 섭식장애 상담을 맡았던 것으로 유명한 정신분석가 수지 오바크는 저서 『몸에 갇힌 사람들』(김명남 옮김, 창비 2011)에서 "모든 몸에는 그 가족의 몸 이야기가 남긴 은밀한 각인이 찍혀 있다."라고 말했다. 그는 부모와 동조되거나 반대로 불협화음을 일으킨 경험들이 평생 지속될 자기 몸에 대한 감각을 만든다고 설명했다. 이는 다른 십 대 환자들의 경우에도 적용되는 부분일 것이다.

평소 가족 관계는 크게 나쁘지 않았지만 그렇다고 그리 좋지도 않았다. 친하지 않았다는 표현이 맞을 것 같다. 우리 가족은 모두 기질적으로 예민했다. 각자의 정도는 달랐지만 나는 늘 눈치를 살폈고 가족 모두가 편안해야 비로소 나도 편안할 수 있었다. 그래서 피곤했다. 작은 소리나 불평 섞인 표정에도 움찔하기 일쑤였다. 이런 예민한 사람들에겐 스스로를 안정시켜 줄 무언가가 필요하다. 내겐 음식 섭취를 통제하는 일이 도움이 되었다. '식욕 조절'에 신경의 대부분을 쏟게 되면 다른 부분에서 예민함이 줄어들었다. 직접적이고 강한 통제가 다른 스트레스를 잊게 해 준 것이다. 자해도 이와 비슷한 효과를 주었다. 삶을 위협하던 거식증과 자해가

다른 관점에서는 스트레스를 줄이기 위한 일종의 해소법이
었던 것이다.

우리는 서로의 예민함을 알기에 소통이 조심스럽고 어려
웠다. 주요 안건이 있을 때 말하는 사람은 아빠였고, 엄마는
그저 동조했으며, 나는 아빠의 날카로운 말투가 무서웠다.
특히 우리 가족은 모든 일에 최악의 경우를 생각하며 비판
적으로 말하는 경향이 있었다. 예를 들어 주식 투자에 관심
이 생겨 이야기를 꺼냈다고 해 보자.

"나 이번에 주식 배워 보려고."

"그걸 왜 해? 그거 하다 망한 사람들이 얼마나 많은데."

"그게 아니라…… 다들 한다고 하니까 배워는 볼 수 있잖
아."

"일확천금을 노리려는 그런 사고 버려야 해."

나는 그저 주식이 궁금했을 뿐인데 순식간에 일확천금을
노리는 사람이 되어 버리는 것이다. 누군가에 대해서 이야
기할 때도 마찬가지였다.

"오늘 저녁 같이 먹은 사람 어땠어? 나는 좋았는데."

"순한 사람인 것 같긴 한데, 우리 앞에서만 그랬을지도 모

르지."

"그거 다 수 쓰는 거야. 그런 사람들 많이 봤는데 다 꿍꿍이가 있더라."

모든 대화의 결과가 부정적으로 흘러가니 점점 더 말을 아끼게 되었다. 서로가 바쁜 것도 문제였다. 부모님이 늘 병원 일로 바빠 할머니를 통해서 간접적으로 대화가 이어지곤 했는데, 그러다 보니 와전되어 과한 해석을 낳는 경우가 많았다. 그렇게 쌓인 오해는 한꺼번에 터졌다. 숙제 때문에 오랜만에 부모님과 마주 앉아 인터뷰를 진행한 날이었다.

"엄마 아빠가 만약 나랑 나이가 같았으면 나랑 친구 했을 거야?"

"아니."

"⋯⋯왜?"

"너는 욕심도 많고 좀 이기적이잖아. 남을 배려하는 자세가 부족해. 그래서 친구는 힘들 거 같아. 지금은 딸이라서 같이 있는 거고."

그 말을 듣고 나서 나는 방에 들어가 엉엉 울고 말았다. 지금까지 가족을 미워한 적은 많았어도 진심으로 싫어한 적은 없었다. 오히려 그들의 사랑을 받기 위해 누구보다 노력했고 그래서 힘이 들었을 뿐이다. 하지만 부모님은 내가 욕심이 많고 이기적이라고 했다. 자식이 아니었으면 친구로도 싫다고. 부모님이 나를 오해하고 있나? 아니면…… 내가 정말 그 정도로 별로인 사람인 걸까.

점점 작은 실패도 두려워졌고 가벼운 도전 앞에서도 주춤하게 되었다. 부모님의 눈에 '욕심 많은 아이가 제 분수를 모르는 것'으로 보이고 싶지 않았기 때문에 완벽주의적인 성향도 강해졌다.

그러나 안타깝게도 나는 내가 원하는 만큼 완벽할 수 없었다. 내 뒤엔 사회적으로 인정받는 부모가 있었고 더 완벽한 친척들이 있었기 때문이었다. 1등을 해도 크게 칭찬받을 수 없었다. 부모님은 뭐든 잘하려는 내 마음을 위해서인지 자신들의 기대를 누르기 위해서인지 부러 칭찬을 아꼈고 그것이 내게는 또 다른 결핍이 되었다.

이후 사회에 나가 '남들에게 피해가 되지 않게 1인분만이라도 잘하고 싶다'는 내 꿈을 들은 사람들이 꿈이 너무 작은 것 아니냐고 이야기할 때, 십 년 가까이 나를 가족보다 가까이서 봐 온 남자 친구가 내 자존감이 너무 낮은 게 답답하다고 말했을 때 알게 되었다. 하늘 같던 부모님의 말은 내 유리 천장이었다. 부모님이라고 내 유리 천장이 되고 싶었을까. 그들은 사랑하는 첫째 딸의 날개가 되고 싶었을 것이다. 하지만 우린 너무 가까이 붙으면 서로에게 상처만 남기는 고슴도치들이었다. 부모님은 조건 없이 나를 사랑했을 테지만 나는 부모님의 조건적인 사랑을 얻기 위해 살아왔다. 나도 부모님도 그렇게 되길 원치 않았지만 하나부터 열까지 부모님의 기준에 맞추어진 사람이 되어 버린 것이다.

훗날 가족으로부터 독립해 기숙사와 자취방에서 혼자 생활하면서 비로소 나는 조금씩 내 박자를 찾게 되었다. 가족은 나를 사랑하지만, 그리고 나도 가족을 사랑하지만 모든 존재에게는 각자의 공간이 필요하기에 서로 적당한 거리를 두어야 한다.

특히 가족 중 누군가 심리적인 문제나 아픔을 겪고 있다면 거리 두기는 더더욱 중요하다. 선을 이루기 위해서는 끝과 끝이 멀어져야 하는 것처럼 사랑하기 때문에 사랑으로 채워진 거리를 두어야 하는 것이다. 그럼 가족이라는 껍질 뒤에 미처 보지 못했던 한 인격체를 마주할 수 있게 된다. 환부에 고정된 눈을 들어 그 사람의 눈물을 볼 수 있게 된다.

예민하거나 섬세하거나

나는 우리 가족에게 예민하고 이기적인 아이였지만 학교와 사회에서는 섬세하고 배려심 깊은 사람으로 평가받는다. 얼핏 정반대의 평가인 것 같지만 사실 '예민'과 '섬세' 모두 영어로는 'sensitive'라는 단어로 표현한다. 예민하거나 섬세한 사람들은 모두 다른 사람의 기분과 생각의 변화를 잘 포착한다. 그만큼 상대에게 신경이 곤두서 있고, 남을 대할 때 에너지를 많이 쓴다. 이 성능 좋은 레이더로 상대의 약점을 찾아 공격하는 사람들도 있다. 그러나 누군가는 상대를 이해하고 배려하기 위해서, 혹은 자신을 지키고 보호하기 위해서 타인의 부탁도 잘 거절하지 못하고 나쁜 생각이나 말들은 속으로 삼킨다. 남이 좋아하고 싫어하는 건 잘 알면서 정작 자신이 좋아하는 게 무엇인지는 생각해 본 적이 없다. 그러다 보면 어느새 일명 '착한 사람' 부류에 들어가 버린다.

이런 사람들은 쉽게 아플 수밖에 없다. 남들은 쉽게 사는 것 같은 일상이 나한테만 예리한 면도칼 같다. 누군가의 말 한마디에 쉽게 상처받고 누군가의 눈빛 한 번에 크게 움츠러든다. 예민하고 섬세했던 나는, 그리고 스스로를 사랑하지 못했던 나는, 사랑을 받고 싶어 사랑받을 만한 행동에 목을 맸다. 인정을 받고 싶어 인정받을 만한 사람이 되려고 애썼다. 그래서 목적이 충족되지 못했을 때 스스로를 증오할 만큼 큰 상처를 입었다.

예민함과 섬세함은 우울증처럼 기질과 환경의 영향을 받는다. 우리 가족 모두는 'sensitive' 했다. 누군가는 날카로운 말로 즉각 불편함을 드러내며 성질을 내는가 하면 누군가는 눈물이 앞서 문제를 조목조목 따지지 못하고 응어리를 쌓아 두는 등 방법만 달랐을 뿐 결국 모두 여린 속을 감추려고 날카로운 가시로 무장한 사람들이었던 것이다.

그래서 내게 가족은 여전히 어렵다. 아픈 나를 위해 병원 진료와 상담에 돈을 아끼지 않던, 상담 후 맛있는 걸 사 주던, 반항하는 나를 끝까지 보듬으려 했던 부모님을 생각하면 그들이 나를 누구보다 사랑한다는 걸 머리로는 안다. 그러나 우리 사이에는 아직 해소되지 못한 오해와 아픔이 많고 서로의 기질적인 예민함도 쉽게 사라지는 것이 아니다. 지금도 나는 본가에 가져갈 선물을 살 때면 '비싼 포장'을 하는 것에 신경을 쓴다. 어차피 뜯겨 버려질 포장에 그토록 신경 쓰는 건 가족에게 조금 더 잘 보이려 눈치를 보는, 겉만 번지르르한 내 모습과 같다.

내게 일어난 사건들이 내 뜻으로 일어난 것은 아니었다고 해도 그 모든 흐름에 기름칠을 한 것이 내 성격이었음은 부정할 수 없다. 이제 겉으로는 거식증을 앓았다는 것을 알 수 없을 정도로 건강해졌지만 나는 여전히 완벽주의적이고 강박적이며 말 한마디에도 십 년 묵을 상처를 받는다. 우울증 환자들의 거개가 이런 성향을 가지고 있다는 것은 어쩌면 당연한 것일 수 있겠다.

●

완화에
관하여

거식과 우울은 '해결'할 수 있는 문제가 아니라 오히려 매 순간순간 '해소'가 필요한 문제에 가깝다. 전보다 안정되고 마음이 조금 편해졌다고 해서 모든 것이 드라마처럼 좋아질 수는 없다. 이는 비단 거식과 우울뿐 아니라 대부분의 마음의 병이 가진 특징이다. 병원에서 치료의 목표를 완전한 회복이 아닌 증상 해소에 둔다는 점은 이를 방증한다. 치료가 잘 진행되고 증상이 잠잠해졌다면 그건 완치가 아닌 완화, 즉 증상이 감소한 상태인 것이다. 잘 지내는 듯 보이는 마음속에도 여전히 풀리지 않는 응어리들이 남아 있고 이따금 해결할 수 없는 감정들이 고개를 든다. 나는 지금 완화기에 들어서 있다.

이야기는 착실한 회복기를 보내는 듯 보였던 46킬로그램 지점의 나로 돌아간다. 불임 가능성을 진단받고 폭식이 시작되며 살이 쪄 가던 즈음이었다. 그때 나는 무거워지는 몸이 무서워 절식과 폭식을 반복하고 있었다. 부종이 생겼고 갑작스러운 체중 변화로 몸 곳곳에 튼살이 보이기 시작했다.

앞서 말했듯이 나는 어느 만화 캐릭터를 보고 목표 몸무게를 설정해 다이어트를 했었다. 거식증에 걸리고 나서는 먹지 않는 것에만 집중했던 탓인지 목표를 잊고 있었는데 살이 찌기 시작하니 덜컥 불안해졌다. 거식증인 내 기준에서 한참 벗어나 버린 나의 몸이 남들이 보기에는 거북하지 않은지 확인하고 싶었다. 그래서 나는 만화 축제에서 코스프레에 도전하기로 했다.

좋아하는 캐릭터로 코스프레를 하고 싶었지만 얼굴이 드러나는 것은 싫어 얼굴을 숨길 수 있으면서도 몸매가 드러나는 캐릭터를 찾았다. 있는 그대로의 나를 인정받기에는 여전히 자신이 없어서 오로지 몸으로만 평가받고 싶었기 때문이다. 어느 일본 애니메이션의 얼굴 없는 라이더 캐릭터가 꼭 마음에 들었다. 그때부터 온라인 코스프레 사이트를 돌아다니며 라이더 모자, 옷, 장갑과 구두, 무기 등 의상과 소품을 사들이기 시작했다. 코스프레를 준비하는 내 모습은 그 옛날 피아노 콩쿠르를 준비하던 때처럼 엄숙하고 진지했다.

유독 추웠던 그해 축제 날, 나는 헬멧 속에 얼굴을 감추고 몸에 딱 달라붙는 비닐 재질의 옷을 입은 채로 덜덜 떨며 사람들의 평가를 기다렸다. 많은 사람들이 사진을 찍자며 다가왔다. 애니메이션과 똑같다며 몸매를 칭찬하기도 했다.

'그래, 아직은 합격이다.'

몸에 대한 사람들의 칭찬은 안정제가 되어 주었다. 남의 평가에 상처 입어 살을 빼기 시작한 나는 어느새 스스로의 편협한 목표에 갇혀 극단적으로 나아가게 되었고, 다시 살이 찌는 과정에서는 아직은 날씬한 몸이라는 위로를 얻으려고 다시 남들의 시선에 기댔던 것이다. 지금은 거식증 상태에서 벗어났다 하더라도 남들이 만든 미의 기준에서 자유로워지지 못한다면 언제라도 다시 돌아갈 수 있다는 뜻이기도 했다. 굴레였다.

미의 기준에서 벗어나는 것은 미의 기준을 충족하는 것보다 어려운 일이다. 우리는 외모 평가에 익숙하다. 전에 다니던 회사에서 어떤 팀장님이 뜬금없이 내게 우스꽝스러운 모자를 씌우더니 "정말 못생겼다."라며 박장대소해 당황스러웠던 적이 있다. SNS 프로필 사진을 바꾸면 "연예인인 줄 알았는데 너였냐."라거나 "사진발 정말 잘 받는다."라는 둥 칭찬인지 비꼼인지 모를 말들을 듣기도 했다. 점점 개인을 표현할 수 있는 자리에서도 스스로를 드러내는 것이 어려워졌다. 프로필 사진을 올릴 때는 늘 일부에게만 공개되는 멀티 프로필 기능을 사용했고 SNS도 비공개로 바꾸었다.

이름을 모르는 누군가를 특정할 때 '머리가 노란 사람'이라고 말하기는 쉽지만 '풍채가 있는 사람'이라고 말하기는 주저하게 된다. 그럴 의도가 아니었더라도 외모 비하처럼 들릴 수 있기 때문이다. 이미 외모와 살에 너무 많은 잣대와 해석이 들어 있는 세상이다. 개인이 사회에서 뚝 떨어져 나와 살 수는 없으니 이러한 미의 기준에서 벗어나는 것은 사실상 불가능에 가깝다.

그러나 우리가 노력할 수 있는 부분도 분명 있다. 바로 내면의 기준을 바로 세워 세상의 기준에 흔들리지 않는 나를 만드는 것이다. 그러기 위해서는 아름다움에 나를 맞추기보다 나에게 아름다움을 맞추어야 한다. 각자가 가지고 있는 고유한 아름다움, 어쩌면 아름다움이라고 생각하지 않아 묻혀 있던 나만의 장점을 찾아 그걸 나의 기준으로 삼아야 한다는 뜻이다. 운동에 자신 있다면 그것을 아름다움의 기준으로 삼고, 남들의 이야기를 잘 들어 주는 것에 자신이 있다면 경청을 그 기준으로 삼으면 된다. 그러다 보면 어느새 외모는 모든 것의 기준이 아닌, 수많은 기준 중 하나가 되어 있을 것이다.

당당하게 나만의 아름다움을 내세우면, 그 아름다움에 토를 달 사람은 없다. 내가 나를 아름답다고 생각하는데 누군가 토를 단다고 한들 그에 연연할 이유도 없다. 나는 지금도 계속 나만의 기준을 만들어 가는 중이다. 남들의 시선으로 쌓아 왔던 기준을 허무는 일도, 나의 장점을 찾는 일도 결코 쉽지 않다. 하지만 못할 것도 없다. 남들에게 나는 수많은 사람들 중 한 명이겠지만 나에게 나는 오롯이 하나뿐인 존재니까, 내가 나의 시선에 집중하는 건 너무나 당연한 일이다. 그 당연한 일을 조금 늦게 시작한 것뿐이다.

나의 방황은
나의 기반이 되어

　어느 날 찾아온 우울증과 거식증은 나를 찾는 과정이기도 했다. 늘 주변의 반응에 신경 쓰며 뭐든 잘하고 싶었던 나는 투병의 시간을 통해 이러한 욕구가 나를 위한 마음이 아님을 깨달았다. 누군가의 기쁨이 되기 위해, 누군가를 통해 나의 가치를 찾기 위해 잘하고자 했던 것이다. 내게 먹는 것을 통제하는 일은 누군가에게 쥐여 준 나의 주도권을 다시 찾기 위한 투쟁이었다. 기본 욕구를 잘 통제하면 주도권도 다시 잡을 수 있다고 생각했던 것이다.『미국처럼 미쳐가는 세계』(김한영 옮김, 아카이브 2011)의 저자 에단 와터스는 이런 말을 한다. "거식증의 비극은 (…) 그 의도가, 자기 파괴는 아니라는 데 있다. 거식증의 의도는 되레 그럴싸한 자기를 쌓아 올리려는 것이다."

거식증에 영향을 주는 요소엔 식사를 과하게 통제하는 가족도 있다고 한다. 아이의 식사 패턴이나 양에 지나치게 관여하는 것이 거식증의 원인이 되는 것이다. 이 경우 환자는 거식을 통해 식사에 대한 통제권을 되찾기 위해 투쟁한다. 거식증 환자들이 다시 가져오고자 하는 권리의 종류는 사람마다 다를 수 있다. 중요한 것은 거식증을 단순히 먹기를 거부하는 정신병자들의 고집으로 치부하기에는 그들이 거식증으로 가기까지 겪어야 했던 억압과 저항의 흔적들이 명확하게 있다는 것이다. 그래서 거식증, 우울증 환자를 이해하기 위해서는 그들의 상처를 먼저 보아야 한다. 평가자나 비판자가 되기 전에 그의 상황과 감정을 있는 그대로 받아들이는 과정이 우선되어야 하는 것이다.

사랑하는 사람에게는 그만큼의 애정 어린 잔소리가 따르기 마련이다. 그러나 거식증과 우울증 환자에게는 그런 말들마저 버겁다. 그들도 나아지고 싶고 변화하고 싶지만, 이 마음을 행동으로 옮길 에너지가 없다. 그런 무능한 스스로를 누구보다 잘 알고, 그래서 더 고통스럽다. 가족과 친구들이 할 수 있는 일은 환자의 옆에서 그가 규칙적인 하루를 보낼 수 있게 돕는 것이다. 제시간에 자고, 제시간에 일어나고, 제시간에 먹을 수 있게 도와주는 것이다. 그리고 너를 응원한다고, 작고 연약해진 너의 이런 모습마저 사랑한다고 이야기해주는 것이다. 그것으로도 충분하다. 이런 주변의 지지는 환자들에게 무엇보다 큰 도움이 될 것이다.

정신과 진료, 받아야 할까

나의 과거는 오늘의 나를 감정에 기민한 사람으로 만들었다. 수많은 감정들 사이에서 어떤 마음이 얼마만큼 들어찰 때 병원에 가야 하는지 알게 되었다. 동시에 병원과 약이 모든 것을 다 해결하지는 못함을 알기에 스스로 마음을 돌보는 법도 배웠다. 그렇게 누구보다 내 문제와 뿌리를 잘 아는, 나만의 전문가가 된 것이다. 마음이 힘들면 정신과에 거리낌 없이 발을 디딜 수 있는 것도, 처음 보는 의사 앞에서 내 문제를 차근차근 짚으며 설명할 수 있는 것도 과거의 시간들 덕분이다. 얼마 전 찾아갔던 정신과에서 상황을 객관적으로 잘 풀어낸다는 이야기를 듣고 문득 십 년 전 일들이 생각난 건 우연이 아닐 것이다.

그러나 그것뿐이다. 숨 쉴 수 없을 만큼 옥죄어 오던 우울의 매듭들이 조금씩 풀어져 견딜 만하게 되어도, 행복의 기억을 조각내어 우울한 하루에 연고를 바르는 법을 배워도 그게 문제가 해결되었다는 뜻은 아니다. 내가 병원을 찾는 건 마음이 뜻대로 되지 않기 때문이다. 감기에 걸렸을 때 따뜻한 차를 마시거나 잠을 푹 자면 훨씬 나아지는 것처럼, 몸의 문제는 원인을 파악하기만 하면 스스로 해결할 수 있는 방법도 있다. 하지만 마음은 아니다. 폭식을 하거나 미친 듯이 잠을 자면서 기분이 나아졌다는 생각은 순간의 기만일 때가 많다. 마음의 문제를 잘 알고 심지어 해결 방법을 알고 있더라도 스스로가 어찌할 수 없는 부분이 분명히 있다. 그래서 병원의 도움을 구해야 하는 것이다.

물론 정신과 의사나 상담사가 모든 우울을 고쳐 주지는 못한다. 주변에서도 상담이나 약물 치료를 병행했지만 호전되지 못하는 경우를 보았다. 살아온 시간이, 삶에 대처하는 방법이 다를 테니 문제를 벗어나는 법도 다를 수밖에 없다. 하지만 상담과 약물을 통해 문제가 나아지는 경우도 있으니 병원은 삶의 낭떠러지 앞에서 시도해 볼 수 있는 주요한 방법 중 하나임은 틀림없다.

　정신 병원은 학교와 같다. 환자는 모두 학생이다. 그곳에서 스스로 마음을 진단하는 법을 배우면 된다. 다음에 더 강인해질 수 있도록, 다음 우울엔 더 의연히 도움을 청할 수 있도록. 도움도 받아 본 사람이 청할 줄 안다. 우울도 겪어 본 사람이 이길 줄 안다.

●

여전히,
삶에 관한 이야기

 투병 기간 중 가장 고통스러웠던 건 '복에 겨웠다'는 자책
감이었다. 좋은 가정 환경에서 자랐고, 입원 한 번 한 적 없
이 태생적으로 튼튼했다. 그러니 내 마음은 힘들어 죽을 것
같아도 남들은 내 고통을 비웃을 것 같았다.

 '왜 난 내 마음 하나 컨트롤 못 하는 걸까.'

 그러나 이제는 안다. 마음의 병은 사람도 돈도 나이도 가
리지 않는다. 흔히들 우울을 '마음의 감기'라고 표현하지 않
는가. 누구나 걸릴 수 있고, 나아도 다시 걸릴 수 있다. 우울
은 개인의 의지가 아니니까. 어느 날 찾아온 나의 우울은 더

이상 존재의 부족함이나 열등함 때문이 아니니까. '정신력으로 이겨내는 병', '노력에 의해 해결되는 문제'라는 색안경은 이제 벗겨 낼 때가 되었다.

사람에게는 다양한 기준이 있다. 대부분의 기준은 살아가면서, 혹은 타고난 성격을 기반으로 다양한 경험을 통해 만들어진다. 열네 살의 나에겐 예민함이라는 뿌리에 인정 욕구의 비가 내려 거식증이라는 가지가 뻗은 격이었다. 지금은 이 가지가 어느 정도 정리되었지만 뿌리가 그대로니 비만 내린다면 언제든 다시 자라날 준비가 되어 있다. 지금의 순하고 나긋나긋한 성격이나, 중학교 이후 대학 졸업까지 1등을 놓치지 않았던 독기와 성실함은 모두 그럴듯하게 다듬어진 과거의 쓴 뿌리가 키운 열매라는 걸 안다. 남들이 대단하다고 말하고 때로 부러워하기도 하는 성취욕은 사실 그럴 수밖에 없도록 스스로를 몰아붙이는 완벽주의의 방증이다. 지금도 특정 강박에 사로잡히거나 두려움이 생기면 그 감정에 걷잡을 수 없이 매몰되어 약을 먹어야만 잘 수 있다.

모든 우울은 현재 진행형이다. 마음에 뚫린 구멍은 여전히 구멍이고, 평화로워 보이는 일상 아래에는 언제 범람할지 모르는 우울이 흐른다. 그 흐름을 막을 수는 없다. 완화기에 스스로를 더 돌보고 무장하는 수밖에. 그래서 다시 우울이 오고 거식의 트리거가 당겨질 때 전보다 많이 무너지지 않는다면, 그걸로 충분하다. 우리가 세상을 살아가는 방법도 이와 같지 않은가. 어제보다 오늘의 우울에 덜 상처받는 것. 결코 완전한 행복에 목숨 걸지 않는 것. 정호승 시인이 등단 50주년을 기념하는 자리에서 독자들에게 전한 말이 기억에 남는다.

"행복은 향기 같은 거예요. 남아 있으면 냄새가 되고, 오래되면 악취가 됩니다. 그러니, 행복은 욕심내면 안 돼요. 그저 지나가게 두세요. 잠시 잠깐 스치는 향기로 두세요."

어쩌면 우울은 그저, 삶에 관한 이야기일지도 모른다.

자신을 오롯이 사랑할 수 없는
고통에 대하여

김현아

의사, 「딸이 조용히 무너져 있었다」 저자

어린 시절에 좋아했던 팝 음악 듀오 카펜터스의 보컬 카렌 카펜터는 어떤 상처 입은 마음도 쓰다듬을 수 있을 것 같은 다정한 목소리로 노래를 불렀다. 그런 그가 1983년 서른두 살의 나이에 거식증으로 사망했다는 충격적인 뉴스를 접하고 나는 그런 병이 있다는 것을 처음 알았다. 당시만 해도 우리나라에서는 보릿고개를 간신히 넘기곤 했기에 식사를 거부하다가 죽었다는 것은 달나라에서나 있는 일처럼 느껴졌다.

그로부터 사십 년의 세월이 지났다. 우리의 삶은 예전에는 상상도 못 했을 정도로 바뀌었고 많은 이들은 그 변화의 속도에 적응하지 못해 멀미를 하고 신음했다. 하지만 나는 운 좋게 그 많은 변화에 그런대로 잘 적응하며 한동안 미래가 장밋빛일 거라는 착각을 하고 살 수 있었다. 내 아이들이 고통을 겪고 있다는 것을 알기 전까지는.

아이들이 많이 아프다고 했지만 나는 언제나 그것이 내 일이 아니라고 생각했고 별반 관심을 가지지 않았다. 뉴스에서 학업 부담 때문에 스스로 삶을 마감했다는 청소년의 소식을 들으면 가슴이 덜컹 내려앉기도 했지만 역시 '남의 일'이라고 생각했다. 애당초 나는 지금의 내 모습을 만든 것은 대부분 '운'이라는 생각을 가지고 있었고 그래서 내 아이들에게도 과한 노력을 요구할 마음이 없었기 때문이다. 운은 노력과는 상관없는 것이니까. 하지만 "네 밥그릇 타고 난단다. 밥이야 굶겠니?" 하고 넉살 좋은 소리만 해도 아이들은 중압감을 느끼고 괴로워했다.

이 책 『열네 살 우울이 찾아왔다』를 읽으며 우리 세대와는 달라도 너무 다른 젊은이들의 아픔을 다시 한번 절감할 수 있었다. 거식증, 자해, 자살 시도 등을 '선진국 병'이라고 폄훼하듯 다루는 어느 신문 기사를 본 적이 있다. 아직도 거식증은 그저 외모를 가꾸려는 욕심 때문에 생기는 문제로 자주 치부되며 치명률이 높은 심각한 질환이라는 인식은 부족하다. 2024년 현재 대한민국 젊은이들의 시대병이 '우울'이라는 것을 부인할 사람은 없을 듯하다. 바닥을 향해 곤두박질치는 출생률과 함께 대한민국의 젊은이들은 조용히 죽어가고 있다. 자해가 즉각적으로 자신의 몸을 직접 파괴하는 방식이라면 거식증은 천천히 몸을 파괴한다. 자해하는 사람과 달리 거식증이 있는 사람은 그것이 자기 파괴 행위라는 자각은커녕 자신의 몸을 더 바람직하게 만드는 방법이라고 믿는다.

저자는 자신의 경험을 핍진하게 묘사하며 거식증이 단순히 외모에 대한 집착에서 기인하기보다 스스로를 오롯이 사랑할 수 없는 고통과 연관이 있음을 보여 준다. 자존감 상실에 이르기까지의 과정은 사람마다 다 다르겠지만 저자의 고통은 시험을 망친 사건과 그에 대한 가족의 반응, 그리고 피겨 스케이팅을 배우러 갔다가 겪은 좌절에서 시작된다. 사소한 말 한마디 "등판이 넓찍하네."가 아이에게는 씻을 수 없는 상처가 되고 병을 일으키는 이런 세상에 우리는 살고 있는 것이다.

청년 실업률 통계 이상으로 심화되는 취업난, 부모 세대보다 더 가난한 역사상 첫 번째 세대라는 자괴감, 계층 사다리의 붕괴 등 미래에 대한 희망이 점점 사라지고 있음에도 청소년들은 더 모질게 경쟁에 떠밀린다. 매일매일 학급에서 함께 생활하는 친구들과의 경쟁인 입시 제도는 평생의 벗을 사귀어야 하는 학급을 살벌한 경쟁의 장으로 변질시켰다. 바로 옆의 친구에게 밀렸다는 생각은 자신에 대한 실망을 훨씬 더 크게 체감하게 한다. 경쟁 끝에 대학 입학에 성공해도 미래를 보장받는 것은 아니다. 소위 '할아버지의 재력, 엄마의 정보력, 아빠의 무관심'이라고 일컬어지는 대한민국 입시 성공의 비결은 더 이상 개인의 노력만으로는 이룰 수 없는 일그러진 능력주의를 증명함에도 불구하고 우리는 계속 '공부만 잘하면'을 주문처럼 외워 댄다.

SNS를 통한 정보의 과잉 또한 자신을 미워할 이유를 무한 증폭시킨다. 요즘의 아이들은 실제 외모가 어떻든 쉽게 '나는 못났다.'라고 느낀다. 휴대폰 액정을 몇 번 두드리면 평생

갈 일이나 있을지 모르는 세계 곳곳의 미인이 눈앞에 나타난다. 길거리의 성형외과 광고판은 자연스러운 외모를 마치 도려내야 하는 악성 종양처럼 느끼게 한다. 어디를 보아도 나보다 잘나 보이는 사람이 있고 거기에 한 치라도 더 가까워지기 위해 젊은이들은 오늘도 턱을 깎고 밥을 토한다.

이런 살벌하고 견딜 수 없는 세상에서 저자는 살아남았다. 그리고 자신의 아픔을 오롯이 드러내고 같은 아픔을 가진 이들과 나누기 위해 기록을 남겼다. 진심으로 축하하고 격려하는 마음이다. 부모님과 주변의 인정을 받아야 한다는 벅찬 의무감을 벗고 소소한 삶을 사랑하는 방법을 배운 것이 그를 살렸다. 왜 그것이 그렇게 어렵고 사람의 목숨까지 위협하는 상황이 되어야 했는지 슬프고 안타깝지만, 우리 모두 자신이 가장 좋아하는 무엇인가를 찾고 그로부터 의미와 행복을 누리며 살아갈 수 있다면 그것이 궁극의 낙원이 아닐까? 정신 질환을 비정상이 아닌 다양성으로 파악하는 전환을 담은 개념 '신경 다양성'이 많은 이들의 지지를 얻는 것만큼 자신의 몸을 있는 그대로 받아들이는 '몸 다양성'도 많은 호응을 얻는다면 우리는 더 나은 세상으로 한 걸음 나아갈 수 있을 것이다.

어린 나이에 어려움을 겪었던 만큼 부모와 가족에 대한 마음도 컸을 저자가 외려 가족과 세상에 먼저 손을 내밀며 사랑할수록 거리 두기가 필요하다고 짚은 것이 어떤 절절한 애정 표현보다도 공감되게 와닿았다. 부모의 걱정이 아이를 위한 걱정인지, 자기 자신을 위한 걱정인지 때로 혼란스러웠던 경험이 내게도 많았기 때문이다.

폭풍우와 같았던 이 기록들이 처참한 시대를 살아가는 많은 젊은이들, 그리고 그의 가족들에게 위안이 되길 바란다.

사는 게 짐처럼 느껴질 때마다 글을 썼습니다. 학창 시절 일기처럼 쏟아 내던 글이 어느새 그럴듯한 습관이 되어 버린 탓도 있지만, 한편으로는 글쓰기가 제 현실 도피 수단이었기 때문입니다. 덮어 버리는 대신 지워 내면 되니, 쓰면 쓸수록 정직하게 발전하는 것이 글의 매력입니다. 글을 쓰는 순간만큼은 모든 것이 제 생각대로 흘러가요. 뜻대로 흘러가지 않으면 지울 수 있고, 더 이상 지울 것이 없을 때 그 글은 완성본이 됩니다. 우리 인생도 마음대로 수정할 수 있다면 얼마나 좋을까요. 삶에서 무언가를 완성해 내는 건 또 얼마나 어려운 일인지요.

 과거를 더듬어 기억을 꺼내 놓긴 했지만, 바래고 해진 시
간을 다시 맞추느라 애를 썼습니다. 그럼에도 불구하고 이
이야기를 마무리하고 싶었습니다. 미처 정리되지 못한 글을
다듬듯 빛바랜 우울들을 지나간 시간에 내어 주기 위해, 여
전히 과거에 서 있는 열네 살의 저와 끊임없이 좌절하고 넘
어지는 오늘을 마주하는 누군가에게 쉽게 잊을 순 있지만
결코 잃어버려선 안 될 이야기를 하고 싶었기 때문입니다.

 어느 날 찾아온 당신의 우울은 결코 존재의 부족함과 열
등함 때문이 아닙니다. 우울증은 약한 사람이 걸리는 병이
아니니까요. 다만 그 우울을 외면하지는 않았으면 합니다.
곱씹고 터뜨려 마주하시길 바랍니다. 이겨 낸다는 건 끊임
없이 기억하고, 그 기억을 발판 삼아 꾸역꾸역 일어나는 일
이기 때문입니다. 저 또한 당신의 눈물진 하루가 언젠가는
다듬어지고 도닥여지기를 기도하겠습니다.

이야기의 처음과 끝이 되시고 제 삶을 여기까지 이끌어주신 하나님과, 나의 우울마저 기꺼이 품어준 사랑하는 C에게 감사합니다.

2024년 봄,

차열음

열네 살 우울이 찾아왔다

초판 1쇄 발행 • 2024년 3월 27일

지은이 • 차열음
펴낸이 • 염종선
책임편집 • 안신희 이상연
조판 • 황숙화
펴낸곳 • (주)창비
등록 • 1986년 8월 5일 제85호
주소 • 10881 경기도 파주시 회동길 184
전화 • 031-955-3333
팩시밀리 • 영업 031-955-3399 편집 031-955-3400
홈페이지 • www.changbi.com
전자우편 • ya@changbi.com

ⓒ 차열음 2024
ISBN 978-89-364-5326-8 43810